# ALLA VÄGAR BÄR TILL GREVAR

## KURTISENS KOMPLIKATIONER

### EBONY OATEN

PO Box 2160, Rangeview

Victoria 3132

Australia

# ALLA VÄGAR BÄR TILL EN GREVE

Norra Wales förrädiska vägar kan krossa en vagn, men de kan också smida ett osannolikt öde. När en nästan dödlig olycka lämnar Patrick Belconnen, earl av Tullamore, strandsatt, finner han en oväntad fristad på Rosstrevor Hall.

Där korsas hans väg med fröken Hannah Jones, en ödmjuk sällskapsdam vars tysta elegans och dolda eld fascinerar honom mer än någon debutant i London. Attraktionen mellan dem är omedelbar och fullständigt förbjuden — en förbindelse som trotsar alla sociala konventioner. De är två människor från olika världar, sammanförda av en slump på en plats där äktenskapsmäkleri är det lokala tidsfördrivet.

Men när en offentlig skandal binder deras öden samman, kräver hedern ett frieri han aldrig hade för avsikt att ge. Hannah vill ha ett kärleksäktenskap, inte ett resonemangsäktenskap, och Patrick anser att kärlek är en svaghet en earl inte har råd med. Kan de övervinna stolthet, plikt och samhällets stela regler för att finna vägen till varandra?

# KAPITEL I
## BANGOR, NORRA WALES

## SEPTEMBER 1817

ER kommitté har begränsat sin utredning till vägens tillstånd från London till Holyhead och gör detta till föremål för en separat rapport, till följd av den sena tidpunkten under sessionen och av det trängande behovet av omedelbara ansträngningar för att reparera och förbättra den del av den som löper genom norra Wales.

Hela denna del av vägen är i sämsta tänkbara skick; den är ytterst smal (på sina ställen knappt bred nog för två vagnar att passera) och "den är i onödan dragen över många kullar, vars stigningar och nedfarter ofta är en fot i höjd på fjorton fots längd, en på tio, en på åtta och till och med en på sju".

Dessutom är många delar av den mycket farliga för resande, ty där den är som smalast och brantast, och mest störd av skarpa kurvor, löper den längs med stup på många hundra fots höjd och utan annat skydd för vagnar än små murar byggda av lösa stenar eller mycket låga och smala jordvallar.

Enligt en uppskattning av Mr Fulton, som nyligen anlitades

av lordkommissionärerna vid Hans Majestäts skattkammare för att inspektera denna väg, framgår det att den summa som är nödvändig för att reparera den (utan att göra några förbättringar genom avvikelser från den nuvarande sträckningen, eller sänkning av några av kullarna) är 46 540 pund, 18 shilling och 7 pence; en omständighet som med största kraft belyser hur ytterst dåligt denna vägs nuvarande tillstånd måste vara.

Hannah Jones, sällskapsdam till markisinnan av Caernarfonshire, kunde ha svimmat av den enorma summa som hennes arbetsgivare just hade läst högt i frukostrummet på Rosstrevor House.

Delen med fyrtiosextusen pund hade knappt sjunkit in i hennes hjärna förrän det började snurra i huvudet av resten. Hon sträckte sig efter sitt te och smuttade i hopp om att det skulle hjälpa henne att förstå.

Det var ett utmärkt te, men det hjälpte inte.

Vid bordet satt Amelia Rosstrevor, markisinnan av Caernarfonshire (och Hannahs högt aktade arbetsgivare), och lade ner rapporten hon just läst på bordet. Sedan sträckte även hon sig efter en kopp te.

Det var många människor som hade råkat illa ut längs den fruktansvärda vägen. Den var i ett förfärligt skick och behövde verkligen repareras. Men priset? Skulle det göra staten bankrutt?

Markisinnan vände sig till sin make, som satt på andra sidan bordet, och upprepade detaljerna: "Fyrtiosextusen femhundrafyrtio pund, arton shilling och sju pence."

Markisen av Caernarfonshire gav ifrån sig en låg vissling vid beloppet. Hans mun drog sig snart i ett skälmskt leende.

"Var i hela världen ska de få tag på arton shilling och sju pence?"

Amelia skakade roat på huvudet och sträckte sig sedan efter en rostad brödskiva.

Hannah avgudade sin arbetsgivare och dennes make, som var kärleksfulla mot varandra och omtänksamma mot sin personal. Med tanke på sitt enkla ursprung hade Hannah klarat sig utomordentligt bra som blivit sällskapsdam.

Hon ägnade sin tid åt angenäm konversation och sömnad när hennes nåd önskade hennes sällskap. När det inte behövdes (hennes nåd var så förtjust i sin make att hon inte behövde särskilt mycket sällskap) var Hannah fri att besöka paret Alwyn och deras fascinerande par springbockar som bodde på ägorna. Paret Alwyns sällsynta djur och deras fyrbenta ungar lockade en strid ström av besökare från när och fjärran.

Nu skulle vägarna repareras, och en bro skulle byggas över Menaisundet också. Regionen skulle snart vimla av folk.

Det var ett idylliskt liv, när allt kom omkring. Att vara omgiven av människor som var djupt förälskade i varandra – till och med djuren hade fött ännu en kalv, eller föl, eller vad de nu kallades – gjorde hennes tillvaro som ungmö desto mer smärtsam.

Vid tjugofyra års ålder kunde Hannah inte låta bli att känna ett sting av avund över att hon kanske hade missat sin chans till något liknande.

Markisinnan förkunnade: "När vägen är i bättre skick vågar jag påstå att vi kommer att få ännu fler besökare." Hon vände sig till sin svärmor, som också satt vid frukostbordet och lekte med lille Rhodri, arvtagaren till markisatet. "Lady Mary, jag antar att den nyheten gläder er?"

Lady Mary, änkemarkisinnan, var för upptagen med att

jollra med sitt barnbarn för att ägna dem någon uppmärksamhet.

Ännu ett sting grep tag i Hannah. Hon påminde sig strängt om att hon kunde ha haft det så mycket sämre i livet och att hon inte borde ta sin nuvarande situation för given.

Ändå fanns längtan kvar, särskilt när hon var i samma rum som den unge Rhodri. Han var en ängel, fylld av leenden och fnitter.

Änkemarkisinnan doppade sedan en tunn skiva rostat bröd i sitt löskokta ägg och höll upp den mot det knubbiga spädbarnet för att låta honom smaka. Hans ögon blev runda när tungan snuddade vid den klargula äggulan. Det mesta hamnade på Rhodris haka, men lite kom ner på rätt ställe.

Lady Rosstrevor frågade sin man: "Tror du att de kommer att påbörja arbetet med vägen snart?"

"Det måste de", svarade han. "Hur ska annars alla kunna ta sig från Dublin till London helskinnade?"

Lady Mary fortsatte sitt bebisspråk och hjälpte den unge arvingen att delta i samtalet. "De ska också bygga en stor bro hela vägen över Menaisundet! Vi kommer att kunna se den från trädgården!"

Markisen småskrattade. "Jag tror inte att den kommer att bli riktigt så stor, mor. Även om jag är nyfiken på att se vad Telford hittar på."

"Den kommer utan tvekan att bli storslagen om vägen som leder till den kostar fyrtiosextusen pund", svarade hon. Sedan steg hennes röst en oktav, och hon upprepade beloppet för den unge Rhodri. "Visste du att siffror kunde bli så höga? Klart du gjorde, för du är så klok! Mer ägg?"

En av betjänterna kom in med en bricka med brev. Han placerade brickan bredvid husets herre på bordet.

När tjänaren hade lämnat rummet sköt David över brickan

med brev till Amelia, och hon sorterade dem. Hon hade snart två brev till sig själv och sin man, och sex till änkemarkisinnan.

"Ert företag går ganska bra, Lady Mary", konstaterade Amelia.

Hannah gillade företaget, som de kallade det, helhjärtat. Då och då var männen långt fler än kvinnorna, och hon och en del av personalen kunde delta för att "jämna ut antalet vid bordet".

"Det var er idé", sa Lady Mary. "Jag skulle mer än gärna ta emot er hjälp närhelst ni känner för att hoppa in igen", sa hon med en menande blick.

"Jag njuter ganska mycket av min lediga tid", erkände Amelia.

"Som sig bör", sa Mary, reste sig med den unge Rhodri och överlämnade barnet i hans fars armar. "Om jag är så här upptagen nu", sa hon och tog upp sin hög med korrespondens, "tänk er då hur livet kommer att bli när vägarbetena verkligen börjar!"

Hon klagade inte alls. Hannah kunde se på leendet i hennes ansikte och glimten i hennes ögon att hon redan planerade de mest underbara äventyr i äktenskapsmäkleriets tecken som någonsin ägt rum i denna tysta lilla del av norra Wales.

Vem vet? Kanske skulle Hannah en dag bli hopparad med en omtänksam hantverkare eller till och med en ingenjör!

# KAPITEL 2

## NOVEMBER 1817

Hemlängtan tog musten ur Patrick Belconnen, jarlen av Tullamore, medan hans kusk navigerade de bedrövligt dåliga vägarna genom norra Wales.

Varje smärtsam stöt blev värre för varje mil som gick. Själva landskapet var vackert, i skarp kontrast till vägarnas kvalitet. Vid ett tillfälle stupade marken brant. Han drog för gardinerna och lutade sig kraftigt åt andra hållet, medan han bad en extra bön om att de skulle klara sig levande runt kröken.

Varje potthål på ena sidan av vagnen motsvarades av en knöl på den andra. Just när det började infinna sig en rytm bröts den av en serie hjulspår och snabba skakningar. Det skulle vara ett under om han inte var vriden som en urkramad trasa när de nådde Bangor.

Bangor var hans nästa destination, men efter det hade han och kusken en farofylld båtresa över Menaissundet och en dags resa framför sig innan han nådde Holyhead på andra sidan ön

Anglesey. Där skulle de ta en ångbåt från Holyhead till Dublin. Han skulle skicka ett brev till sin familj – vagnen skakade till när det vänstra hjulet föll ner i ett hjulspår – från Dublin, och om lyckan stod honom bi skulle han vara hemma dagen därpå.

Knäck.

Det där lät inte bra.

John Coachman saktade ner hästarna. I den här takten skulle de ha tur om de överhuvudtaget kom fram till Bangor. Dagarna var så korta och solen hade redan sjunkit lågt; klockan måste vara nästan fyra på eftermiddagen.

Vagnen stannade, och sedan knakade timret olycksbådande när kusken klev ner. Patrick började på allvar be för sin säkerhet. Det stönade lite mer, och han kunde ha svurit på att kusken höll på att spänna loss hästarna. En knackning på dörren följde strax därpå, så han öppnade den.

Kusken stod där med handen utsträckt mot honom, med ansiktet blekt som ett lakan. "Ta min hand omedelbart, ers nåd. Vagnen håller på att rasa samman."

Patrick tog honom på orden och grep hans hand samtidigt som ett susande ljud fyllde hans öron.

Vagnen tippade och svajade bakåt precis när han klev ut. Plötsligt fanns det inte längre något fotsteg att sätta foten på. Kusken grep tag i honom och satte ner honom på marken.

Patrick vände sig om i tid för att se vagnen falla på sidan när axeln brast och ett hjul splittrades.

Chocken fick honom att tappa andan och nästan även kontrollen över tarmarna på samma gång.

"Jag står i skuld till er, min gode man", sa Patrick till slut när hans sinnen återvänt efter skräcken.

Hästarna var, som han hade anat, inte längre fastspända vid vagnen, så de var oskadda. Återigen tack vare kuskens snabbtänkthet. Vagnar kunde ersättas; hästar var så mycket mer värdefulla.

"Det ligger ett värdshus längre fram. Jag hoppas att det betyder att vi har nått Bangor", sa Patrick.

Utan annat val än att lämna vagnen där den fallit tog de varsin häst och gick in i den lilla staden. De hittade ett värdshus och lämnade över hästarna till en stalldräng. Skylten ovanför dörren löd "Llandygai", men var det namnet på staden eller själva etablissemanget?

De fann värdshusvärden, berättade om sin prövning och fick veta att Bangor bara låg ytterligare två mil bort längs vägen.

Värdshusvärden var förkrossad över att han inte hade några privata rum, "för en man av sådan rang", men lade sedan snabbt till: "Familjen Rosstrevor är på det stora huset i Bangor; de skulle mer än gärna erbjuda sin hjälp. Jag ska ordna en utvilad häst åt er."

Utmattad men lättad anlände Patrick till ett storslaget herresäte, väl upplyst med facklor längs uppfarten för att leda honom till huvudentrén vid portiken. Markisen var närvarande och förstod snabbt hans belägenhet. Med några få ord satte han sin personal i arbete med att ordna ett rum åt honom och fylla ett bad.

"Jag läste just häromdagen om hur dålig den vägen är", sa markisen medan han ledde Patrick till en salong med en sprakande brasa och bekväma fåtöljer.

Så fullkomligt himmelskt!

En betjänt anlände med ett erbjudande om whisky, vilket han tacksamt accepterade. "Jag kan tala om för er av egen erfarenhet", sa Patrick, "att vägen är i ett förfärligt skick. Hade det inte varit för min kusks snabba agerande, skulle jag ha förlorat mitt liv denna dag."

Patricks värkande kropp smälte ner i den bekväma möbeln. Om han inte var försiktig skulle han somna på fläcken.

"Jag håller med", sa hans värd. "Arbetet kommer att påbörjas snart, det betvivlar jag inte."

Änkemarkisinnan kom in för att "informera hans nåd om att hans bad är färdigt".

Det gick snabbt, tänkte Patrick, snabbt följt av en annan tanke: varför var det inte en betjänt som meddelade honom detta? Svaret på det blev uppenbart när änkan ställde honom en fruktansvärt oförskämd fråga, skickligt förklädd till artighet. "Kommer grevinnan av Tullamore att ansluta sig till oss snart? Jag ska förbereda rum för henne."

Han nickade när han hörde frågan, och lutade sedan huvudet en aning misstänksamt. "Jag är ungkarl, min goda dam. Ännu ingen grevinna, till min mors stora förtret."

"I så fall måste ni ansluta er till oss för en middagsbjudning i afton."

"Ni behöver inte ställa till med besvär för min skull", sa han. Ett hett bad väntade på honom; han såg fram emot ett långt bad, följt av en god natts sömn.

De nådde foten av trappan. Änkemarkisinnan var fast besluten att leda honom till hans rum istället för att överlämna honom till personalen. Jaha, om det var så här man gjorde i norra Wales tänkte han inte protestera. "Middagen serveras klockan sju, så det är gott om tid. Det är mer en supé, egentligen, inget formellt."

"Min fru, ni behöver ärligt talat inte besvära er. Jag skulle mer än gärna inta en lättare måltid i mina rum."

"Vi talar förbi varandra", sa änkemarkisinnan med ett milt

leende, "även om ni mer än gärna får delta. Det här är inte en middag till er ära, även om jag med glädje skulle organisera ett sådant evenemang om ni stannar veckan ut. Detta är ett av våra regelbundna nöjen som vi anordnar ungefär varannan vecka. Med så många nya människor i området, på grund av väg- och broplaneringen, är det ett nöje att ha damer och herrar på besök."

Det förklarade varför uppfarten till Rosstrevor Hall var så väl upplyst när han anlände! "Åh! Tack och lov", sa han när de nådde avsatsen och hon ledde honom mot en svit. "Jag är verkligen inte mycket för formella middagsbjudningar, ser ni."

Änkemarkisinnan lade huvudet på sned och funderade. Sedan log hon lite skälmskt. "Är det kanske därför det inte finns någon grevinna, och er mor har sådana bekymmer?"

"Touché!"

Han började tycka om sällskapet av denna lekfulla kvinna. Hon och hans mor skulle komma utmärkt överens.

"Här är era rum. Dra i klocksnöret när ni är redo, så kommer en betjänt och för er till middagen."

Hon ville verkligen ha honom vid bordet snarare än att han åt i sina rum. Jaha, när man är i Wales.

Hannah Jones hade varit ledig större delen av dagen, eftersom markisen och hans vackra fru hade dragit sig tillbaka till sina rum för knappt en timme sedan och inte fick störas. Med lite att göra för att fördriva tiden hjälpte hon husorna när de placerade bivaxljus i de polerade silverstakarna.

Änkemarkisinnan närmade sig med ett gillande leende och en glimt i ögonen. "Där är du ju", sa hon med ett vetande grin. "Jag antar att min svärdotter inte behöver dig?"

Hannah rodnade djupt som bekräftelse på att markisinnan njöt av privat tid med sin make. Hon neg och sa med en hoppfull ton: "Är det ojämnt antal vid middagen igen?"

Änkan tyckte om att anordna regelbundna tillställningar för nykomlingarna i regionen. Många av männen var ogifta, och Lady Mary hade tagit det som en möjlighet.

"Du läste mina tankar", sa damen och räckte över en liten burk med lotion. "Denna tar bort lukten av silverputs från dina händer."

"Tack, ers nåd." Hannah tog burken och andades in citrondoften.

Spänningen bubblade inom henne, och hon följde Lady Mary till hennes påklädningsrum. De låg i den motsatta flygeln av huset från där hennes son bodde. Ett urval av änkans klänningar var undanlagda för dessa tillfällen. Hannah anlände till Lady Marys påklädningsrum och fann två andra husor, Sarah och Anne, som redan hjälpte varandra i lånad stass.

"Behövs tre av oss ikväll?" frågade Sarah när Hannah och Lady Mary kom in.

"Ja, vi har en oväntad gäst som stannar över natten, och jag har bjudit in honom att ansluta sig till oss. Han kan dock välja att inta sin måltid i sina rum." Hon muttrade något för sig själv om att han var ungkarl medan hon rotade igenom sina klänningar och valde en smaragdgrön ensemble. "Den här kommer att passa vackert med dina ögon, kära Hannah."

Den var gjord av lager av rikt tyg, magnifikt rynkat runt axlarna i matchande puffar. Modellen var snävare precis under hennes byst och föll i stora drivor av flödande gröna nyanser till golvet.

"Nå, mina kära, låt oss gå igenom reglerna", föreslog Lady Mary.

"Le", sa Anne, "och var rara."

Lady Mary nickade.

Sarah lade till: "Prata så lite som möjligt."

Ännu en nick från Lady Mary.

Hannah kom ihåg den tredje regeln: "Var artig. De är här för att umgås med giftasvuxna damer, inte personal."

"Just det", sa Lady Mary. "Och om ämnet vi inte talar om ändå kommer på tal?"

Alla tre sa i kör: "Säg sanningen: att vi inte har någon hemgift. När damerna drar sig tillbaka kan vi återvända till våra rum."

Lady Mary klappade i händerna. "Utmärkt!"

Hannah strålade över hur väl hon hade lärt sig just dessa instruktioner. "Jag hörde ett rykte om att vi har en riktig jarl under taket ikväll."

Annes bruna ögon blev runda av förvåning. "En jarl?"

"Ja", bekräftade Hannah.

I ett huj ryckte Anne åt sig en sidensjal och knölade in den mellan sin särk och sitt snörliv för att pressa upp brösten.

"Du får mig verkligen att skratta", sa Hannah medan hon rättade till puffarna på sina axlar.

"Nå?" Annes ögon var uppspärrade. "Är det sant, Lady Mary?"

Damen nickade till slut.

Hannah försökte hårt att inte svimma.

Lady Mary lade till: "Han kanske inte har så stor förmögenhet själv. Han anlände ensam på en häst. Hans vagn skadades på vägen."

Hannah talade snabbt: "Om han inte har någon vagn kan reparationen ta så lång tid att han kanske blir fast här i flera nätter!"

Sarah och Anne tjöt av upphetsning, sedan sträckte sig Anne efter en andra sjal och började stoppa in den i sitt snörliv.

”Nåja, nåja”, sa Lady Mary och gned sig över tinningen som för att avvärja en annalkande huvudvärk. ”Allra bästa uppförande, tack, flickor.”

Sarah knöt snörena i Hannahs rygg och klappade henne sedan på axeln. ”Sådär. Skulle du kunna fixa mitt hår? Du är så duktig på det.”

”Självklart!”

De tre delade på citronhandkrämen och pysslade och putsade sig lite till. Sedan klickade Lady Mary med tungan och dirigerade dem till mottagningsrummet, där de satt tysta och väntade på att kvällens gäster skulle anlända.

Änkans instruktioner ekade i Hannahs huvud:

Le, var rar, prata så lite som möjligt. Ni är här för att balansera könen vid middagsbordet. Herrarna är här för att umgås med giftasvuxna damer, inte personal. Om de gör misstaget att inleda en konversation med er, var artiga. Om ämnet kommer på tal, säg sanningen, att ni inte har någon hemgift. Senare, när damerna drar sig tillbaka, kan ni återvända till era rum.

Detta skulle bli Hannahs fjärde middag. Hon hade varit exceptionellt rar och hade lett mot herrarna och de andra damerna vid var och en av de tre föregående. Ingen av herrarna hade inlett några samtal av större betydelse med henne. De giftasvuxna damerna som hade kommit på middag hade mer eller mindre ignorerat henne. Hannah hade inte tagit illa upp alls, eftersom hennes roll under dessa kvällar var att vara mer eller mindre osynlig.

Hon trodde att denna kväll inte skulle bli annorlunda.

Eller åtminstone borde den inte ha blivit annorlunda, förrän den stiligaste man hon någonsin sett steg in i rummet och stal luften ur hennes lungor!

# KAPITEL 3

En earl gapade aldrig med öppen mun på en dam.

Och en earl dreglade definitivt aldrig heller, men ändå var Patrick Belconnen tvungen att strängt påminna sig själv om att han var earlen av Tullamore, att han genast borde stänga munnen och dämpa hungern som vrålade genom hans blod vid anblicken av denna läckra kvinna.

Han måste ha slagit i huvudet för hårt när vagnen hade skumpat så många gånger på den där infernaliska vägen. Hur skulle han annars kunna förklara sitt skrämmande etikettsbrott?

Han var tvungen att snabbt ställa allt till rätta, innan denna charmerande dam fick en dålig uppfattning om honom. Fötterna rörde sig automatiskt i hennes riktning innan hans hjärna var fullt engagerad, och han försökte tänka ut något smickrande och avväpnande innan han gjorde bort sig helt och hållet.

"Min kära miss Jones, så förtjusande att se er här", var hans öppningsdrag.

Naturligtvis visste han att det inte var hennes namn — om det nu inte mirakulöst nog var det — men de kunde ägna de närmaste minuterna åt att skratta åt hur han hade misstagit henne för någon annan. Det var en teknik han hade sett andra gentlemän använda, och ikväll tänkte han pröva dess effektivitet. (Även om han inte kunde tänka sig hur det skulle kunna finnas någon annan med hennes särskilda drag. Hennes kastanjebruna hår prydligt uppsatt på huvudet med några lockar som retfullt smekte hennes smala nacke, hennes hud som glödde av hälsa och antydde något från varmare breddgrader, hennes ögon som hade samma färg som peridoter ...)

Det var meningen att hon skulle rätta hans missförstånd. Istället stirrade hon stumt på honom, med sin fylliga mun lätt öppen och ögonen runda som slantar. Det var meningen att hon skulle svara nu. Han väntade under ytterligare ett par spända andetag på hennes rättelse, som säkerligen skulle komma.

När som helst nu ...

Åh, herregud.

Stämningen blev pinsam när de tittade på varandra i stum panik.

"Öhm ...", mumlade han något obegripligt för sig själv och harklade sig.

Lady Mary Rosstrevor dök upp vid hans sida och sa: "Lord Belconnen, detta är miss Jones. Miss Jones, earlen av Tullamore."

Verkligheten slog honom i huvudet hårdare än en träplanka. Hennes namn var verkligen Jones. Inte undra på att hon såg så bestört ut över hans klumpiga presentation. Vilken förstklassig idiot han hade varit som valt ett så vanligt efternamn.

Särskilt för Wales!

Hon neg snabbt och sa med en förtjusande walesisk accent: "Mycket angenämt att träffa er, ers nåd."

Han måste verkligen ha slagit i huvudet.

"Nöjet är helt på min sida", sa han och menade det. "Jag måste förklara – nej, be om ursäkt – för min förmätenhet i vår bekantskap."

"Det behövs inte", sa hon och gav honom ett blygt leende.

Hon såg ut som om hon skulle säga något men verkade sedan ändra sig. Patrick var inte redo att gå därifrån än. Han ville hålla igång samtalet, att få veta allt han kunde om henne.

"Vilken del av Wales kommer ni ifrån?" Sådär, det borde vara oskyldigt nog.

"Åh, härifrån trakten", svarade hon. "Caernarfonshire är mitt hem."

Patrick hoppades att ett leende skulle få henne att fortsätta prata, men av någon anledning fungerade det inte. Ofta, när han bad någon att tala om sig själv, var det svårt att få dem att sluta.

Då slog det honom: kanske var hon blyg? Han hade hört att vissa människor kunde vara blyga, även om han själv aldrig hade lidit av det hindret.

I så fall skulle han gladeligen sköta snacket för dem båda. "Ni har kanske hört på min accent att jag inte är härifrån", sa han och lade till vad han hoppades var ett uppmuntrande leende.

Hon nickade och sänkte huvudet lite. När hon tittade upp på honom under ögonfransarna, slog hans hjärta mot revbenen.

Om han kunde få en målare att fånga hennes uttryck, skulle han hänga den på väggen i sitt sovrum.

De förnuftiga råd som lady Mary hade bankat in i henne förångades som sommardimma när Hannah fann sig själv under en earls blick. En verklig earl! Här, på Rosstrevor Hall. Han pratade med henne, ställde frågor till henne, och det var med nöd och näppe hon kunde hindra sig från att kasta sig i hans armar, som utan tvekan skulle vara varma och starka och allt hon behövde i ett par armar.

Men hon fick inte prata om sig själv, för det skulle inte duga.

Han var definitivt inte walesare, och han lät inte alls engelsk, så hon antog att han troligen var irländare och på väg till Dublin, eftersom han hade varit på den där fasansfulla vägen.

Vägen! Ja, hon kunde prata med honom om vägen. "Ni har haft en besvärlig resa, har jag hört?"

"Det har jag sannerligen haft", sa han, nickade och fick en lock av svart hår att falla ner över hans vänstra öga.

Hennes hand rörde sig omärkligt, och hon var tvungen att slå den mot sitt lår för att hindra sig från att föra den mörka locken på plats igen.

Han rättade snabbt till den, även om den i nästa andetag föll fram igen och skymde hennes sikt av hans förtjusande mörkbruna ögon.

"En fara för liv och lem var den", tycktes han värma upp inför sitt ämne. "Jag bad innerligt om räddning. Hade det inte varit för min kusk snabba agerande hade jag förgåtts i en ravin, för att aldrig mer ses till."

Hennes hand flög upp till munnen i chock innan hon frågade: "Jag hoppas att era hästar klarade sig oskadda?"

"Det gjorde de, tack vare John Coachman. Och tack för er omtanke om djurens välbefinnande."

Ännu en pinsam tystnad fick det att vända sig i Hannahs

mage. "Är han här med er, kusken?" Han förtjänade ett erkännande för sina tappra handlingar.

Detta framkallade en snabb glimt av – var det irritation? – över hans ansikte, som om earlen inte var intresserad av att prata om någon annan. "Han bor på värdshuset i nästa stad och ansluter sig till mig när han har skaffat ny transport."

Hannah hoppades att det skulle ta flera dagar att ordna, vilket skulle innebära att earlen helt enkelt skulle bli tvungen att stanna hos familjen Rosstrevor under den tiden.

Lady Mary meddelade att middagen var serverad. Som den högst uppsatta kvinnan i sällskapet tog hon sedan earlens arm. (Markisen och markisinnan hade inte visat sig alls.)

Tillsammans gick earlen och lady Mary först in i matsalen, följda av flera andra gäster som snabbt hade listat ut sina olika rangordningar. Det imponerade på Hannah hur människor som knappt kände varandra snabbt kunde fastställa rangordningen för ingenjörer, hemkomna officerare och regeringstjänstemän. Hannah väntade tills nästan alla andra hade gått in. Sedan gick hon in före Sarah och Anne. Tyst och utan krusiduller intog de sina anvisade platser mellan olika herrar från vägkommittén, som var en del av förhandstruppen som genomförde de nödvändiga landmätningarna.

Alla chanser för Hannah att fortsätta sitt samtal med earlen var nu förlorade, eftersom alltför många människor satt mellan dem. Det hindrade henne dock inte från att titta åt hans håll då och då. Han, i sin tur, råkade kasta blicken åt hennes håll, och hon sänkte snabbt huvudet.

Under hela kvällen talade herrarna på vardera sidan om henne om sitt arbete i ett slags märklig kod: kurvornas "negativa dosering" och "lutningar på fyra mot ett" eller något i den stilen. Det var åtminstone begripligt för dem.

Bekvämt nog kom lady Marys råd nu tillbaka klart och

tydligt till henne. Hon kom ihåg att hon inte behövde prata alls om hon inte ville, eftersom hon inte var där för att fånga någons blick. Hon och de två pigorna var där för att fylla ut antalet och ge någon av de andra unga damerna från trakten chansen att konversera, om de skulle kunna hänga med.

När hon lät blicken svepa över bordet gjorde de övriga damerna sitt bästa för att verka intresserade av de utlovade ingenjörsbragderna. Gradvis, allt eftersom männens röster steg och samtalet helt och hållet handlade om vägen och den föreslagna bron – och att Telford ritade den – blinkade de andra damerna runt bordet långsamt. En försökte dölja en gäspning när hon tog en sked syllabub. Kvinnan mittemot såg hennes kamp och dolde sitt uttråkade uttryck bakom en servett.

Välsignat nog signalerade lady Mary att kvällen hade nått den tidpunkt då damerna kanske skulle vilja dra sig tillbaka.

Stolar skrapade snabbt mot golvet när herrarna reste sig från sina platser.

Anne och Sarah var närmast dörren, så de var de första som lämnade matsalen. Eftersom Hannah befann sig på andra sidan bordet var hon tvungen att gå runt och inte skynda iväg, trots att hennes ben ville föra henne långt bort från de obegripliga samtalen. Hon kastade en snabb blick mot earlen innan hon gick och rodnade när hon fann att han såg på henne med ett uppskattande leende.

Märkligt att han fortfarande skulle le mot henne, med vetskap om hur långt under hans klass hon var baserat på var hon satt.

Innan dörrarna stängdes helt bakom dem hörde de herrarnas röster höjas i samtal. Någon nämnde det extraordinära priset för arbetena. De hade uppenbarligen väntat på att damerna skulle gå innan de diskuterade det högst olämpliga ämnet pengar.

Lady Mary antydde att Hannah, Sarah och Anne var fria att dra sig tillbaka för kvällen.

De två pigorna neg sitt tack och gick till lady Marys svit för att byta om till sina vanliga kläder. Hannah dröjde sig kvar lite och sa: "Tack, lady Mary, det var en förtjusande måltid, och jag är så hedrad att jag fick träffa en earl."

"Fram till ikväll hade inte jag heller träffat någon", erkände lady Mary. "Varför ansluter ni er inte till de andra damerna och berättar lite om honom?"

Värme spred sig uppför hennes hals och ansikte. Hon hade snarare hoppats få skynda till sina rum och tillbringa kvällen med att drömma om den yppige lorden med det vackra, vågiga håret. Å andra sidan kom det att tillbringa tid med att prata om honom med andra damer som en god tvåa. Hon ville dock inte verka alltför ivrig.

"Åh, men det kan jag omöjligt göra. Jag känner honom knappt alls, eftersom vi inte pratade särskilt länge."

"Det var mer än vad några av de andra damerna uppnådde", medgav änkemarkisinnan.

Hannah behövde inte tillfrågas igen. Lady Mary ville ha henne i rummet med de andra fina damerna, och eftersom lady Mary var hennes arbetsgivares svärmor kunde hon knappast vägra.

I mottagningsrummet satt kvinnorna i en samling bekväma stolar och smuttade redan på te som en betjänt hade fört in på en rullvagn.

"Jag tar en sherry", sa lady Mary till den långe pojken, som nickade och snart återvände med hennes favoritdryck på en silverbricka.

I samma ögonblick som de var helt ensamma utan tjänstefolk vändes alla blickar mot Hannah, och en av de besökande damerna frågade: "Berätta allt om earlen!"

"Ja, snälla gör det!" bönföll en annan.

"Han är så stilig!" fläktade en tredje kvinna sig i nacken med en solfjäder för att svalka sig.

Hannah ville göra dem till lags, så hon återberättade deras korta samtal så gott hon kunde. "Hans ögon är de mest förtjusande mörkbruna", började hon.

Flera kvinnor suckade, och en lutade sig dramatiskt tillbaka på schäslongen som om hon skulle svimma.

Fler frågor följde snart, och hon gjorde sitt bästa, men ofta var hon tvungen att rycka på axlarna och erkänna att hon inte visste. Men hon tillade: "Om lady Mary bjuder in till fler middagar medan han fortfarande är här, är jag säker på att det kommer att finnas en chans att ta reda på mer."

Han hade inte sagt mycket till henne, och hon ännu mindre till honom, men hon fann att det han hade sagt på den korta tiden gav mer än tillräckligt med detaljer för damerna att uppskatta.

"Var ligger earlskapet Tullamore, exakt?" bönföll en annan.

Snart frågade de henne flera saker samtidigt, och Hannah blev fruktansvärt förvirrad. Hon tittade på lady Mary för råd, och änkemarkisinnan nickade välvilligt åt henne att fortsätta.

"Tullamore ligger i Irland. Ers nåd var på väg till Holyhead för att segla till Dublin", svarade hon.

En runda kommentarer om hur vackert Irland var följde snart därpå.

När Hannah beskrev hur en lock av hans hår föll över ett mörkt öga, gav en av damerna, miss Gideon, ifrån sig ett lågt stön. Detta utlöste skrattsalvor på miss Gideons bekostnad. Hannah tyckte synd om damen och sa genast: "Det var med nöd och näppe jag kunde stå upprätt och komma ihåg att andas själv. Han är så fruktansvärt fängslande."

"Är jag det?" sa en mansröst från en sidodörr.

Hannah brann av djup skam. Varje dam i rummet flämtade till och vände sig om för att se earlen av Tullamore stå där, livs levande, med ett illmarigt leende på läpparna.

Om marken kunde öppna sig och svälja henne hel i det ögonblicket, skulle hon vara exceptionellt tacksam.

Lady Mary reste sig. "Jag ser att ni har glömt vägen till era rum. Låt mig visa er rätt."

Han borde verkligen inte överskrida gränserna för sin gästfrihet, men det fanns något av en rebell i Patrick Belconnen som han kämpade för att hålla i schack. Den charmerande unga damen som han hade fått att rodna tidigare hade suttit så långt borta vid andra änden av bordet att han inte hade haft någon chans att lära sig något mer om henne. Naturligtvis ville han veta mer.

Eftersom han befann sig i en obekant bostad, och eftersom han var en earl och mycket van vid att få sin vilja fram utan invändningar, kände han sig helt fri att vandra in i vilket rum han än valde. Han valde rummet där han kunde höra feminina röster, och rodnaden hon gav honom var ännu bättre än den tidigare.

Hans värdinna sa något om att han hade gått in i fel rum, men han ignorerade henne fullständigt. Han befann sig i exakt rätt rum i precis rätt ögonblick. "Jag är säker på att absolut allt miss Jones har berättat för er om min person är helt sant", tillkännagav han för rummet.

Som en man fnittrade damerna, fladdrade med ögonfransarna och dolde leenden bakom solfjädrar. Samtidigt hade miss Jones rodnat praktfullt, men sedan blev hon lite blek, vilket var motsatsen till vad han hade velat skulle hända.

Åh, herregud, hon såg ut att vara på väg att svimma.

Han rusade fram och nådde henne precis i tid när hon verkligen svimmade i hans armar. Han var redo för detta. Det var ingenting med henne; hon skulle vara lätt som en fjä—

Hon föll tungt mot honom, en fullständig dödvikt. Han hade inte tagit spjärn ordentligt, tappade fotfästet, och de två kraschade ner på golvet i en hopknycklad hög.

Tjut och flämtningar av förskräckelse fyllde rummet.

Tillfälligt utan luft kunde han inte andas för ett ögonblick. Fan också, det var meningen att han skulle fånga henne i sina armar och vara där när hon öppnade sina vackra ögon. Då skulle leken börja!

Det tog honom längre tid att återfå fattningen än det gjorde för henne. Som en skrämd kanin hoppade hon undan. "Jag är så fruktansvärt ledsen, ers nåd, förlåt mig."

"Ing—" Orden ville inte komma ut, eftersom hans bröstkorg vägrade att fyllas på nytt.

Lady Mary steg fram. "Har ni brutit något?"

"Stoltheten", pep han fram.

"Miss Jones", sa lady Mary, "hjälp mig att få ers nåd på fötter igen."

Välsigne henne, hon gav honom en blygsam rodnad när hon tog hans hand i sin och lady Mary tog den andra. Med en snabb rörelse var han åter vertikal och andades lättare för varje sekund.

Han gjorde sitt bästa för att hålla miss Jones hand så länge han kunde, men hon drog tillbaka den och klämde den säkert i sin andra.

Lady Mary talade igen. "Är ni skadad?"

Han önskade innerligt att han var det, för det skulle ge honom en ursäkt att förlänga sin vistelse hos familjen Rosstrevor. Tyvärr hade miss Jones ett så oroligt uttryck i ansiktet att han inte med gott samvete kunde öka hennes bekymmer. Den osynliga rackarungen som satt på hans axel sa åt honom att sluta reta den stackars flickan och lämna henne ifred. Hans skyddsängel, på den andra axeln, grät.

"Jag är frisk och hel, ers nåd. Och det verkar som att jag är i fel rum. Var vänlig och vägled mig till den svit ni så generöst har tillhandahållit i min nödens stund."

När han väl hade blivit återintroducerad till sin svit, önskade han lady Mary godnatt och lade sig i sängen, som var mycket bekvämare än han hade förväntat sig. Bra sängar var svåra att hitta, och han var svårt frestad att erbjuda sig att köpa den och ta med den hem.

Ahh, men det skulle kräva en rejäl kärra och fler hästar, och hans egen vagn. Den förra låg i bitar, någonstans nereför en brant slänt på vägen mellan London och Holyhead.

Märkligt nog oroade han sig inte längre för den vagnen. Han skulle köpa en ny, och det skulle inte ta lång tid. Men han hoppades också att det inte skulle ske alltför snabbt. Det innebar att han kunde tillbringa mer tid med den charmerande miss Jones.

Han somnade med ett leende på läpparna.

# KAPITEL 4

N ästa morgon behövdes Hannah återigen inte som sällskap åt markisinnan av Caernarfonshire, och hon fann sig än en gång ledig.

Solen hade uppenbarligen också bestämt sig för att den inte behövdes.

Hon älskade att betrakta Menaisundets ständigt skiftande stämningar, men efter att ha promenerat i ungefär en timme hade marken blivit blöt och hal. Hon borde gå in igen och läsa en bok vid brasan, vilket skulle vara varmt och bekvämt. Så underligt att hennes lott i livet var att vara sällskap åt någon som ärligt talat inte behövde något. Åtminstone inte inom överskådlig framtid.

Att besöka springbockarna skulle vara den distraktion hon behövde, och vid den här tiden på dagen skulle det inte vara alltför många besökare. Mrs Alwyn hälsade henne med ett leende och en kopp hett te. Ännu viktigare var att hon även erbjöd lite sällskap.

"Jag hörde att det var en greve på middagen", sa mrs Alwyn.

Skvaller spreds sannerligen snabbt. Värme steg uppför Hannahs hals och ut i ansiktet vid minnet. "Javisst, och du måste ha hört att jag gjorde mig till åtlöje inför hans nåd."

"Inte det minsta. Han borde inte ha kommit in i salongen", tröstade mrs Alwyn. Snälla nån, hon hade sannerligen hört en hel del!

Mrs Alwyn fortsatte: "Åtminstone borde han ha gett sig till känna istället för att tjuvlyssna."

Betoningen hon lade på det sista ordet fick Hannah att stanna upp. Magen sjönk på henne. "Säg inte att han är här inne?"

Mrs Alwyn skrattade. "Nej, kära du, men min man är aldrig långt borta, och jag skulle ogilla om han kände sig utanför."

"Bry er inte om mig", sa en mansröst från ett av de bortre båsen.

Hannah skrattade åt hur sorglösa makarna Alwyn var med varandra. Det var något att sträva efter. Alla andra på Rosstrevor Hall verkade ha en väldefinierad roll, medan hon kände sig en aning sysslolös.

Mrs Alwyn lutade sig fram och viskade: "Pigorna säger att han är så stilig."

Hannah nickade. "Så stilig att man vill bita sig i handen."

Mrs Alwyn fnissade. "Jag slår vad om att han vet om det också."

De delade en uppskattning för en stilig gentleman. Det var härligt att ha mrs Alwyn att prata med; hon var inte mycket äldre än Hannah och fick henne alltid att känna sig välkommen. Kanske för att hon själv var relativt nyinflyttad i trakten?

Hannah sa: "Om jag får chansen att tala med hans nåd, ska jag ställa honom—"

Stalldörrarna knarrade när de öppnades.

Mrs Alwyn ställde ifrån sig sitt te och reste sig. Hannah gjorde detsamma i tron att den nyanlända var markisinnan som skulle se till deras ovanliga boskap. Om hon var ute och rörde på sig kanske markisinnan behövde sitt sällskap tillbaka.

Det var greven. Självklart var det det! Han stod där i den öppna dörren. Som om det var förutbestämt av himlen bröt solen igenom mörkret och lyste upp hans ansikte med ett varmt sken.

"Ers nåd", gjorde Hannah en snabb nigning, och mrs Alwyn följde hennes exempel. Hannah presenterade dem snabbt, förbluffad över att hennes hjärna överhuvudtaget fungerade i hans närvaro.

"Ni har kommit för att se springbockarna?" frågade mrs Alwyn, även om avsaknaden av en stigande ton i slutet av meningen gjorde det mer till ett påstående än en fråga.

"Är de äkta?" frågade han.

"Det är de sannerligen", svarade mrs Alwyn medan hon ledde greven till båsen där han kunde beskåda dem. "Det är fyra nu."

Hannah skruvade på sig, osäker på om hon skulle gå eller stanna. Greven var så vacker att se på att ingen kunde klandra henne för att sitta som fastnaglad vid sin plats. Dessutom hade ingen kommit för att hämta henne, så det var inte som om hon behövdes någon annanstans. Den största anledningen att stanna var dock att få tala med greven och be om ursäkt för sitt bristande uppförande kvällen innan.

Den möjligheten uppenbarade sig innan hon hann formulera de rätta orden i huvudet. När han log mot henne, flög de få ord hon hade haft iväg.

"Bekänn", lyckades hon få fram.

Det gav henne ett enda höjt ögonbryn i förvirring.

Rimligt nog. Det var inte logiskt för henne heller, och det

var hon som hade sagt det. "Jag är fruktansvärt ledsen för att jag talade om er igår kväll när ni inte var där för att försvara er."

Det gav honom ett snett leende, som om han roade sig ganska bra. "Sa ni något som inte var sant?"

Plötsligt syntes mr och mrs Alwyn inte längre till. Hur hade de kunnat smita iväg så tyst?

Det var bara de två och springbockarna, som var bedårande, särskilt den lilla i gruppen.

"Ahh", Hannah var tvungen att påminna sig själv om hans fråga. Hade hon sagt något om honom som inte var sant? "Jag tror inte det." Hon hade skrutit om hans fina egenskaper, förstås, eftersom hennes publik verkade vilja ha det av henne.

"Då finns det ingen anledning till någon ursäkt." Mannen var självförtroendet personifierat.

"Jag mår ändå fruktansvärt dåligt över min roll i det hela", insisterade hon. "Jag var på middagen under falska förespeglingar."

"Jaså?"

Nu hade hon hans fulla uppmärksamhet och blev lika skärrad som springbockarna. "Det var för många herrar vid bordet; jag var bara där för att balansera könen. Jag borde inte ha inlett en konversation med er."

"Men det var jag som inledde den med er", sa han. "Faktum är att det också vittnar om en omtänksam värdinna att hon ser till att ha jämvikt vid middagsbordet."

"Det här är inte bara middagar, ers nåd. Änkemarkisinnan organiserar dem som äktenskapsmäklingsföretag. När antalet är ojämnt, hoppar vi, det vill säga, en annan piga och jag, ibland in för att fylla platserna. Det finns så många fler giftasvuxna herrar i regionen, tack vare undersökningarna av vägarna och den planerade bron över Menai. Det är viktigt att ni vet vilka damer vid middagen som verkligen var giftasvuxna och vilka som var som jag, utan någonting i vårt namn. Det är det jag måste be om ursäkt för; för att potentiellt ha vilselett er när jag borde ha hållit mig i bakgrunden."

Helt andfådd fyllde hon snabbt lungorna igen.

Hans läppar ryckte i ett roat leende. "Änkemarkisinnan bjöd in mig på middag i hopp om att jag skulle fatta tycke för en av damerna? Med tanke på att jag anlänt oanmäld bara några timmar tidigare, agerar damen snabbt."

"Det hade varit olidligt oartigt att inte bjuda er på middag", kontrade Hannah.

"Icke desto mindre framförde hon inbjudan till mig, och sedan ... var ni i mottagningsrummet, precis där jag skulle se er."

"Det var en ren tillfällighet. Det var aldrig meningen att ni skulle fatta tycke för mig, vilket är anledningen till att jag måste upplysa er: jag har ingen förmögenhet. Jag måste erkänna att jag blev förvånad när ni redan kände till mitt efternamn. Hade ni redan frågat om mig?"

Hans eleganta panna rynkades, och hans mun kröktes återigen i ett roat leende. "Jag skämtade och antog att ni skulle rätta mig, utan att för ett ögonblick ana att jag råkade använda rätt namn."

Nåväl, det var ju logiskt. Och Jones var ett vanligt efternamn i Wales.

"Men jag måste också upplysa er", sa han. "Jag har inte fattat något slags tycke, om det är vad ni antyder."

Magen sjönk av chock, men hon tvingade fram ett leende och ljög: "Jag är så lättad."

Ett hackande skratt undslapp honom, och den där fascinerande pannan rynkades på allvar. "Vänta nu. Trodde ni att jag var kapabel att förlora förståndet efter bara en kvälls konversation?"

Nu förolämpade han henne, och Hannah svalde hårt. "Det har hänt förr."

Ett djupt skratt bröt ut ur honom, och det indikerade definitivt inte att de delade ett skämt. Han skrattade direkt på hennes bekostnad, och hon tyckte inte om det.

Hennes händer knöts till små, maktlösa nävar. Hon skulle vilja slå bort det där självgoda uttrycket från hans ansikte. Hur vågade han skratta åt hennes innerliga ursäkt, som om hon inte var god nog att framföra den.

"Ni vet uppenbarligen inte vad ni går miste om", sa hon. Med ett kort steg minskade hon avståndet mellan dem, slog armarna om hans axlar och kysste honom rakt på munnen.

Vågor av ouppfyllt begär rusade genom hennes system. Under hennes händer stelnade hans kropp till medan hennes fingrar började leka med de frodiga lockarna i hans nacke. Hon tryckte sig lite närmare och lockade hans läppar att öppna sig. En sekund senare lade han armarna om hennes kropp och besvarade kyssen med samma passion.

Utmärkt.

Hon drog sig tillbaka precis när det började hetta till mellan dem. Hans blick var ofokuserad.

"Vänta bara", sa hon. "Du kommer att bli kär i mig."

Han flinade och skakade på huvudet. "Jag är greve. Jag sysslar inte med kärlek."

Med händerna på höfterna steg hon tillbaka utom hans räckhåll och förklarade: "Det kommer du att göra när jag är klar med dig."

Vilken förtjusande charmig rävrumpa denna miss Jones höll på att bli. Först hade han ansett henne vara ganska vacker att se på och var glad att göra det.

Nu hade hon en eldig själ, något mycket mer gynnsamt. Vilken välkommen avkoppling hon skulle bli!

"Utmanar ni mig att fatta tycke för er?"

"Ta det hur ni vill", sa hon med en trotsig hakspets.

Herregud, det var nästan värt förlusten av hans vagn att få munhuggas med denna kvinna.

"Jag kommer att ta det som en utmaning", accepterade han villigt.

Hennes ögon blossade av intresse, och hon backade inte. Om något, steg hon lite närmare och frestade honom att ge henne en kyss tillbaka på hennes näpna, mogna läppar. Förbaskat om inte hans kropp reagerade mot bättre vetande. Hans mun blev torr, andan fastnade en aning.

Ingen av dem backade när de stod där mittemot varandra, fastlåsta i en djärv utmaning för att se vem som skulle ge sig först. Det fanns ingen annan i närheten förutom springbockarna. Hans värdfolk hade gjort sig osynliga.

"Om jag skulle fatta tycke, med betoning på om, måste ni veta att ni endast skulle kunna bli min älskarinna."

Hon flinade självsäkert och skakade långsamt på huvudet. "Förolämpa inte oss båda, ers nåd."

Vilken geist! Den var felplacerad, uppenbarligen, eftersom han var greve och hon var… ja, han var inte riktigt säker på vad hon var, men hon var inte hans sociala jämlike, och det var det alla sa spelade roll i den här världen.

Trots det skulle han gärna vilja ha en kyss till, och hon erbjöd sig så magnifikt. Långsamt, medvetet, lutade han sig in och gav henne alla möjligheter att dra sig undan. Det gjorde hon inte. Sänkte sig hans läppar mot hennes, eller var det hon som minskade avståndet? Det var svårt att säga; allt som betydde något var känslan av hennes förtjusande varma läppar mot hans. Där de hörde hemma. Han skulle kunna vänja sig vid det här.

Inte för att han skulle fatta tycke alls. Det fanns ingen risk för det, inte från bara två kyssar, även om han kunde känna kraften från dem ända ner i stövlarna.

Stalldörrarna öppnades och ljus strömmade in utifrån. Hon borde ha hoppat tillbaka av anständighetsskäl... men det gjorde hon inte! Hade hon inte hört dörren? Någon harklade sig, och hon drog sig fortfarande inte tillbaka? Så fruktansvärt oförskämt! Hans hjärna bearbetade långsamt att hon måste utmana honom igen — eller hade hon kanske gillrat en fälla för honom?

Han var tvungen att vara den som drog sig undan, och när han gjorde det såg han lady Mary stå där i dörröppningen, låtsades använda en borste för att torka av sin känga och tittade mycket tydligt inte i deras riktning.

När som helst skulle hon flämta till och förklara att han hade komprometterat miss Jones. En alltför välbekant fälla.

För sin del log miss Jones och blinkade åt honom innan hon vände sig om för att svara den som hade fått dem att sluta kyssas.

"Lady Mary, springbockarna är vid god vigör idag", sa miss Jones med stadig röst, som om ingenting hade hänt och hela hennes värld inte hade vänts upp och ner av en glödhet kyss, som hans så tydligt hade.

"Miss Jones, så bekvämt att finna er här", bekräftade lady Mary hennes närvaro. Sedan neg hon mot Patrick och frågade hur han mådde.

Patrick var tvungen att harkla sig innan han kunde svara att han mådde bra och var mycket förtjust i springbockarna. "Jag antar att jag inte kan beställa ett par till mitt gods på Irland?"

Lady Mary strålade mot honom. "Låt oss arrangera ett möte med makarna Alwyn; de är ägarna till de fina djuren. Jag vågar påstå att de är villiga att förhandla, ers nåd."

"Mycket diplomatiskt av er, lady Mary", svarade han och kunde inte låta bli att flina. Han hoppades att hon hade hört hans dubbla betydelse, att hon också hade varit mycket diplomatisk när hon kom på honom med att kyssas med en ung tös, och att hon inte hade ställt till med en scen.

Sedan sa lady Mary: "Jag måste be att få tillbaka miss Jones; min svärdotter behöver henne."

Patrick tog farväl av miss Jones med en kort bugning, och hans kysspartner neg snabbt och gick ut. Han förväntade sig att lady Mary skulle följa efter henne, men änkemarkisinnan stannade kvar i stallet. "Jag hoppas verkligen att ers nåd sov gott i natt?"

"Javisst, en utmärkt natts sömn, och mycket bekvämt. Jag tackar er. Jag skulle kunna vara benägen att lägga ett bud på själva sängen, den bekvämaste jag har haft på flera år."

"Om ni kan stanna några nätter till, skulle ni gå med på att Rosstrevor Hall anordnar en bal till er ära?"

Hon ville att han skulle stanna längre? "Det skulle vara förtjusande", gick han genast med på.

"Jag skulle vilja bjuda in några giftasvuxna damer från regionen, om det skulle kunna roa, ers nåd?"

"Jag förstår fullständigt, min goda kvinna", flinade Patrick. "Ni har ett företag att driva och en ogift greve har fallit i ert knä, så att säga. Däremot ger jag inga som helst löften om att fatta tycke för några giftasvuxna damer."

"Jag är mycket lättad över att höra det", hennes uttryck

matchade hennes ord, och hon verkade uppriktig. "Jag ville tala med er om en viss ung kvinna."

"Kan ni möjligen syfta på miss Jones?" Ingen anledning att gå som katten kring het gröt, bäst att gå rakt på sak.

"Ja, just hon. Jag ber er, gör ert yttersta för att inte fatta tycke för just den unga kvinnan. Om ni har gjort det, måste jag be er att omedelbart upphöra."

Patrick svalde. Förmodade den virriga gamla käringen att det var han som hade fattat tycke för miss Jones och inte tvärtom?

Även om han hade utvecklat en ömhet, hur vågade hon säga åt honom att miss Jones var förbjudet område. Han var greve; ingen var förbjudet område för honom. Om inte... herregud, hon var väl inte bortlovad till en hertig? Det ändrade ju saken en aning.

"Jag försäkrar er att det inte finns någon avsikt eller något tycke", började han. Lady Mary nickade långsamt. "Åtminstone inte från min sida. Ni kanske vill ge miss Jones samma råd."

"Jag tackar er", sa lady Mary med en nigning för att indikera att hon skulle gå. "Hon behövs verkligen här och är högt värderad av min svärdotter för sitt sällskap."

När hans kusk anlände på eftermiddagen hade Patrick haft flera timmar på sig att koka av ilska över vad andra människor tänkte och sa om honom. Tycke? Pyttsan! Han skulle dansa med varje giftasvuxen dam som kom till den kommande balen. En fräck tanke slog rot; han skulle dansa med kökspigorna om han kunde hitta dem!

Det bekymrade inte Patrick ett dugg att hans vagn inte gick

att rädda. Hans kusk verkade beredd på ilska eller besvikelse över att de inte skulle kunna återuppta sin resa.

Istället för att vara upprörd, ryckte Patrick bara på axlarna. "Jag är säker på att du har återfått mina tillhörigheter från det som är kvar av vagnen?"

"Självklart, sir."

"Då ordnar sig allt. Ingen av oss skadades, inte heller hästarna. Allt annat kan ersättas."

"Mycket bra, sir. Om ni ivrigt vill resa och ta igen den förlorade tiden, kan vi ta färjan från Bangor tidigt i morgon bitti och ta postdiligensen från andra sidan till Holyhead?"

"Saken är den, du förstår, att matronan här anordnar en bal till min ära. Det vore fasligt oartigt av mig att ändra mig."

"Jaså. Ni har redan tackat ja?" Mannens ansikte föll.

"Rädd för det." Åh nej, bara för att han hade det trevligt betydde det inte att hans kusk var på samma humör. Mannen hade en familj som väntade på honom där hemma.

"Vet du vad, min gode man, jag ska ge dig lov att återvända till Irland. Du kan skicka ett brev i förväg när du når Dublins kust för att meddela Belconnen Hall att jag kommer att bli försenad."

"Ni är för vänlig. Men om ni behöver att jag stannar, så gör jag det."

"Struntprat. Du är en kusk utan vagn. Du kan lika gärna åka hem till din familj, som kommer att bli överlyckliga över att se dig efter all denna tid." Gudarna ska veta att hans egna återstående släktingar knappt brydde sig om honom. En kall hårdhet lade sig i magen vid tanken på vad som väntade honom vid återkomsten. "Vet du vad, om du kan vänta en halvtimme medan jag skriver, är du ledig samma minut som jag överlämnar det till dig."

"Mycket tacksam, sir", sa John Coachman med en nick och rörde vid kanten på sin hatt.

Deras uppgörelse klar, såg Patrick till att hålla sitt löfte och skriva ett kort brev. På fjorton minuter hade han skrivit sitt namn i slutet. Det tog knappt två minuter att torka bläcket med sand; sedan vek han papperet, skrev adressen på den rena sidan och förseglade kanterna med en klick vax. Han bar inte sin ring, så han bara blåste på vaxet och tryckte sitt pekfinger i det medan det svalnade. Det fick duga.

Knappt tre minuter senare försvann John Coachmans rygg och hästen han red på nerför uppfarten.

Nu kunde han återgå till sin höga förbittring över att lady Mary trodde att hon kunde tala om för honom vem han fick fatta tycke för. Eller var det vid? Han skulle fundera över grammatiken i det sinom tid. Det verkliga problemet var att lady Mary inte var i någon position att bestämma vem han skulle eller kunde ägna sin tillgivenhet åt.

Han småskrattade för sig själv åt hur fel änkemarkisinnan hade. Blotta tanken att han, en greve, skulle fatta tycke för den utblottade miss Jones var ytterst skrattretande.

# KAPITEL 5

Ännu en dag, ännu en promenad längs vattnet för Hannah som återigen var ledig. Det var ett sällsamt liv, tänkte hon, att vara sällskapsdam åt en markisinna som egentligen inte behövde henne särskilt ofta. Ibland fyllde hon en plats vid ett middagsbord där det inte krävdes mycket av henne och där hon skulle säga ännu mindre.

Hon var något av en utfyllnad som kunde placeras ut när och där det behövdes. Resten av tiden var hon tvungen att hitta sätt att fylla sina dagar.

Ett prasslande ljud från marken fångade hennes uppmärksamhet. Där i ogräset satt en igelkott. Den lilla raringen såg frusen och lite vilsen ut. Borde hon krama det lilla krypet?

Eftersom det var en igelkott skulle den vara taggig. Hannah hade inte ens sina handskar för att skydda sig.

"Hallå där", ropade en röst i närheten.

När hon reste sig upp var det ingen mindre än jarlen som kom gående mot henne. Han lyfte på hatten för att hälsa.

"God eftermiddag, ers nåd", sa hon med en liten nigning.

Hon kunde inte niga alltför djupt; marken var dyblöt av nattens regn och hennes kjolar skulle bli genomvåta.

"Hur mår du denna vackra dag?" frågade han med ett leende som fick hennes mage att slå frivolter.

"Jag mår bra, ers nåd. Jag har just bekantat mig med denna rara varelse", sa hon och pekade på igelkotten.

Hon förväntade sig att han skulle ignorera den, eftersom den var en obetydlig liten sak.

Jarlen tittade ner, och hans röst steg i tonläge av förtjusning. "Så söt den är!"

Hennes hjärta smälte en aning över hur mjukt jarlen behandlade det lilla djuret.

"Jag känner mig alltid lyckosam när jag ser dessa varelser", sa han och beundrade deras taggiga nya vän. "Men varför springer den inte iväg från oss?"

"Jag tror att den kanske fryser", föreslog Hannah.

"Det är mycket möjligt." Därefter tog jarlen av sig sin hatt och satte den framför igelkotten. Sedan, med sin handskbeklädda hand, uppmuntrade han djuret att klättra i. Han tjöt bara till ett par gånger när taggarna trängde igenom hans handskar.

Så förtjusande det var att se denne man bete sig så vänligt.

En insikt slog henne. Han var snäll mot ringa varelser. Var det därför han var så snäll mot henne, för att hon stod så lågt i rang?

"Vad ämnar ni göra med den nu?" frågade Hannah när jarlen lyfte sin hatt, som nu var tyngre med en igelkott i.

"Öh", sa han och såg sig omkring. De var närmare stallet än köket. "Låt oss gå till stallet; där är det åtminstone torrt."

Hannah log åt jarlens sätt. "Där kanske finns lite mat. Åh, men ers nåd, jag vet inte vad igelkottar äter."

"Larver eller gräs, kanske?" föreslog han med en axel-
ryckning.

Den där otroligt lockande hårtest som fallit ner över hans
öga var tillbaka. Hennes hand ryckte till av lusten att stryka
den på plats. Istället knöt hon sina händer och höll dem hårt
intill sig.

De kom fram till stallet, som var marginellt varmare än
utomhus men betydligt torrare, förutom ett litet ställe där taket
läckte melodiskt ner i en hink.

Paret Alwyn pysslade som vanligt om springbockarna.
Djuren drog regelbundet till sig en folksamling, och idag var
det flera personer här för att beskåda de skygga, exotiska
varelserna.

Jarlen gick fram till mr Alwyn och visade honom innehållet
i sin hatt. Mr Alwyns ansikte strålade av förtjusning. "Min gode
man, jag har tecken på trämask i stolparna. Jag hoppas det lilla
krypet är hungrigt. Och om ni hittar fler, så ta hit dem genast."

Mr Alwyn tog jarlens hatt och klättrade uppför stegen till
det halmfyllda loftet. Han sänkte försiktigt ner hatten och
skakade den lite för att uppmuntra igelkotten att komma ut.

Mr Alwyn lämnade tillbaka hatten till jarlen, som slog den
mot sitt ben för att få bort eventuell smuts som kunde finnas
kvar, innan han satte den på huvudet.

En vacker lock från hans panna stack fram under hatten
och värmde Hannah rakt igenom vid åsynen av den.

Under den följande timmen tillbringade hon och jarlen en
charmerande underbar stund med att leta efter fler igelkottar.
De hittade inga, men all tid med jarlen var väl använd tid.

Himlen hotade med regn än en gång. Patrick var tvungen att medge att det inte fanns några fler igelkottar att finna. Hade han gjort bort sig i den unga damens ögon? Må så vara. Han avgudade igelkottar, som var så små och ofarliga. De höll också skadedjuren i schack. Det var dock märkligt att se en ute vid den här tiden på året. De borde ligga i dvala. Kanske en räv hade hittat dess bo?

Han skulle kolla med paret Alwyn imorgon och se om Taggis hade klarat sig.

Åh nej, han hade redan gett den ett namn! Det kunde bara sluta med ett brustet hjärta. Hur många djur hade han inte räddat som barn och försökt rädda?

"Vi borde nog gå in i värmen", föreslog miss Jones. Dimman samlades i hennes hår och bildade förtjusande smålockar.

"Ja, låt oss göra det", instämde han. "Kommer ni, äh, att närvara vid danserna?"

Hon lade huvudet på sned på sitt blyga vis och sa: "Om antalet gäster är ojämnt."

"Är det därför ni var på middagen häromkvällen?"

Hon rodnade så förtjusande att han förstod att det var sant. "Lady Mary tycker illa om det om det är för många herrar och inte tillräckligt många damer på tillställningar, så jag får ofta en sen inbjudan."

"Ah! En inbjudan för att fylla ut, alltså?"

Hon fnissade diskret i handen. "Något i den stilen."

"Om ni har ett danskort skulle jag vilja reservera en dans."

De var närmare dörrarna som ledde tillbaka in i Rosstrevor Hall. Snart skulle de kanske inte kunna tala så fritt, eftersom det skulle vara betydligt fler människor i närheten.

"Ers nåd, det vore opassande för er att begära en dans med

mig, med tanke på min låga ställning och brist på förmögenhet."

En våg av lättnad sköljde över Patrick. "Det är bara en dans, det är inte som att jag håller på att fästa mig vid er."

# KAPITEL 6

S å kom kvällen för balen. Med den kom en byig vind och ett störtregn. Patrick överraskades av en plötslig hemlängtan då vädret påminde honom om barndomens vintrar i Tullamore.

Istället för att anlända med stil och elegans rusade gästerna från portiken in i balsalen, där betjänter erbjöd bägare med varmt kryddvin från överfulla brickor. Den här sortens vin serverades vanligtvis inte förrän vid juletid, men kanske var det en lokal sed för att fira ... han ansträngde hjärnan ... Sankt Clements dag? Oavsett vilket datum det faktiskt var, hade vinet önskad effekt, värmde honom inifrån och spred gott humör denna eländiga kväll.

Allt eftersom fler gäster anlände skapade trängseln mer värme inomhus. Gästernas kinder och pannor glödde rosiga av vinets inverkan.

Som hedersgäst stod Patrick bredvid lady Mary medan hon presenterade honom. De högst rankade var herrskapsdöttrar. Deras mödrars ögon höll på att trilla ur sina hålor vid utsikten att göra ett otroligt parti. Lady Mary skulle högst troligt bli förtjust över att kunna tillskriva sig äran för det partiet.

Kvällen lovade att bli synnerligen underhållande.

På andra sidan rummet fick han syn på miss Jones som samspråkade med en liten krets av damer i hennes egen ålder. De var vackert klädda. Hon bar återigen en förtjusande smaragdgrön färg, som matchade en del av sömmarna på hans väst. Han misstänkte att det måste vara lady Marys påhitt snarare än ett rent sammanträffande.

När musiken började fann han sig dansa med en fröken från trakten som var bra mycket kortare än han. Det var lätt att svepa med blicken över rummet ovanför hennes huvud och hålla ett öga på miss Jones, som – må djävulen ta henne – log och roade sig medan hon dansade med en annan herre.

När som helst nu kommer hon att se hit och inse hur fullständigt oberörd jag är av att hon dansar med en annan.

Så underligt, tänkte han, att hon inte såg åt hans håll. Inte ens ett litet tecken på igenkänning.

Musiken tystnade, och han återlämnade sin danspartner till hennes mor. Hans nästa partner var mer än ivrig att få sin tur. Även denna var förtjusande, fastän hon var lika lång som han. Att spana efter miss Jones blev svårare. Hon dansade väl och frågade honom om vädret, ett säkert samtalsämne. Om han senare hade ombetts att beskriva henne hade han misslyckats kapitalt.

Faktum är att om han hade ombetts att beskriva någon av damerna han dansat med, skulle han inte ha kunnat identifiera deras mest grundläggande drag. Hårfärg? Ingen aning. Detaljer på klänningen? En suddig röra av muslin och band. Han hade fortsatt att se tvärs över rummet, där hans blick varje gång landade på en förtjusande walesisk fröken som hade så roligt att han lika gärna kunde ha varit osynlig.

Hur vågade hon att inte vara svartsjuk på alla de damer han hade dansat med?

Vilken charmerande och härlig kväll! Hannah njöt av balen i fulla drag. Hon dansade med en välbärgad fårfarmare från Penrhyn, en ingenjör från London som var här för vägarnas skull, sonen till pubägaren från Llandygai, och flera män inom olika handelsområden från själva Bangor. Utan undantag var de förväntansfulla över brobygget och vägreparationerna och hur det skulle öka handeln och välståndet i området. Deras entusiasm för de förändringar och förbättringar som var på väg visade sig smittsam. Tills nu hade hon tyckt att diskussioner om broar och vägar var tråkiga, men hon kunde inte låta bli att ryckas med av deras intresse. Fler människor som kom till området innebar att de skulle behöva fler varor och tjänster.

Hon gjorde sitt bästa för att hålla reda på allt och lovade att informera lady Mary om de kommande möjligheterna att utöka hennes middagsverksamhet.

Synen av paret Alwyn som dansade i närheten påminde henne om en annan affärsmöjlighet. "Jag är säker på att ännu fler kommer att besöka bockarna om våren också."

"Ja, sannerligen, de kommer att dra folk från när och fjärran", sade hennes danspartner. De rörde sig framåt i en kontradans just då och kunde samtala fritt medan det ledande paret förflyttade sig ned längs raden.

En sådan virvlande kväll; Hannah borde ha varit trött, men istället tackade hon ja till fler danser med fler herrar. Nästa var en kadrilj, och de täta partnerbytena innebar färre tillfällen till konversation.

Hennes hjärta slog ett extraslag när lord Tullamore dök upp i hennes synfält. Han såg ståtlig och kärnfrisk ut, med ögon som glittrade av rackartyg. Hon hade ungefär tre sekunder på sig att uppmärksamma honom innan dansstegen krävde att de återvände till sina platser. Hon kom inte på något att säga, så allt hon kunde göra var att ge honom ett litet leende och sedan fortsätta.

Markisen och hans hustru anslöt sig till dansarna för en stillsam vals. Hannah höll sig uppmärksam på markisinnan för att se om hon kunde behövas för några sällskapsdamssysslor. De två dansade så vackert tillsammans, med de varmaste leenden på sina läppar. Ett sting av avundsjuka överraskade Hannah när hon såg den uppenbara kärleken mellan paret. Den var så naturlig, så varm och besvarad; ett äktenskap mellan jämlikar som var så ytterst sällsynt.

Det kändes inte bra att hon hade skrutit för earlen om att hon skulle få honom att bli kär i henne. Det stod klart för henne att kärlek inte var något man kunde kräva av en person. Den måste vara naturlig, uppstå i sin egen takt. Så snart hon fick chansen skulle hon be earlen om ursäkt för sitt tidigare beteende.

Det hade varit underbart att kyssa honom, och det ångrade hon inte alls.

Hon såg bara korta glimtar av honom under de sista danserna, som var långsammare, med mindre krävande steg när kvällen led mot sitt slut. Hon skulle låta honom vara; det skulle finnas tid att hitta honom imorgon och förhoppningsvis förklara sig ordentligt. Han skulle få sig ett gott skratt på hennes bekostnad, och det skulle hon förtjäna.

När betjänterna öppnade dörrarna för att låta gästerna gå, blåste en kuling rakt in och förde med sig en virvel av döda löv, störtregn och till och med en trädgren.

I all hast föste betjänterna tillbaka gästerna och stängde dörrarna.

Det såg ut som världens undergång därute!

"Kära gäster", tillkännagav lady Mary. "Det är alldeles för farligt för många av er att återvända hem. Vi ska ordna logi och förfriskningar åt alla tills stormen har bedarrat."

Musikerna verkade ha börjat packa ihop men avbröt sig vid detta tillkännagivande. Bara ögonblick senare dök en piga upp med en bricka med små bägare, som musikerna tog emot.

Förmodligen kryddvin.

Som om inget otillbörligt alls hände utanför, återupptogs festen med en livlig melodi.

Hannah hade varit på fötter hela kvällen och letade efter en lugn plats att vila en stund. Det fanns ett rum vid sidan av salen. Ljusen hade brunnit ner, och det var mörkt och tomt. Hon lämnade dörren öppen så att ljuset från salen kunde skina in. Det fanns flera bekväma stolar, så hon satte sig i en och vilade fötterna på en annan, fnissande för sig själv åt all denna lyx.

Hon kunde inte stanna här inne för länge; hon skulle behövas för att hjälpa till att inkvartera gäster som inte kunde återvända hem. Men bara för en stund gav hon sig själv tillåtelse att vila.

Några minuter senare förmörkades ljuset i dörröppningen, och vem klev in om inte earlen av Tullamore.

"Min lord", sade hon och drog ner fötterna från stolen.

"Sitt kvar", sade han. "Jag letar efter någonstans att gömma mig."

"Gömma er, min lord?"

"Från förföljare. Ivrigt spanande ungmör och deras mödrar, för att vara exakt."

Hannah tyckte synd om honom, men bara lite. "Ni skulle kunna dra er tillbaka till era rum?"

"Ah, det var redan upptaget."

Hannah slog handen för munnen för att inte börja skratta.

Hans röst var låg och frustrerad. "Om ni har hämtat er."

Hon nickade och förstod hans dilemma. Själva anledningen till att han var på Rosstrevor Hall var hans avsaknad av vagn. Även om stormen utanför bedarrade, kunde han inte ge sig av. "Jag är glad att ni inte är ute på vägen till London i det här vädret", erbjöd hon som tröst.

"Osäker på vad som är farligast, vägen eller de desperata unga damerna och deras mödrar."

"Tala inte nedsättande om mina landsmaninnor. Ni är det mest spännande som hänt här på länge, och de är så svältfödda på nöjen."

"De försöker snärja mig till förlovning, med hederliga eller ohederliga medel."

Hannah fick en idé. Hur ont hennes fötter än gjorde, var den bästa platsen för earlen ute i det fria, så nära lady Mary som möjligt. "Ni är knappast säker i detta mörka rum med mig, i så fall", påminde hon honom. "Lady Mary är fortfarande i balsalen och..." Hon tittade genom springan i dörren. "Betjänterna serverar ännu en omgång kryddvin. Kom och värm er mitt ibland sällskapet, så förblir ert rykte ofläckat."

Ingen skulle kunna anklaga honom för något om han var ute i det öppna. Mörka rum utan förkläde, å andra sidan, var en helt annan sak.

"Dessutom anstår det mig att be om ursäkt för att jag retade er så orättvist när ni besökte bockarna vid källan."

Han ställde sig upp och muttrade något om att han visste att hon inte kunde ha menat allvar. "Jag trodde inte att ni var den sorten som spelar ett långsiktigt spel."

Hon hade ingen aning om vad det betydde, men han reste sig samtidigt som hon, och de var på väg ut genom dörren. Han först – så att allas blickar skulle följa honom när han sökte upp lady Mary. När alla var distraherade skulle hon också gå. Eller så kunde hon stanna kvar och lägga upp fötterna igen. Det var också ett alternativ.

Denna väl genomtänkta plan hade en liten brist: andra människor. Närmare bestämt en ung dam som smet in i rummet innan han hann gå. Damen blinkade när hennes ögon vande sig vid mörkret, sedan utstötte hon ett lågt "Åh" av förvåning när hon fick syn på earlen.

Det var miss Gideon, från middagen!

Earlen tog ett steg tillbaka för att skapa mer avstånd. Miss Gideons blick var endast fäst vid hans nåd; hon hade inte ens märkt att Hannah fortfarande var kvar. Damen trodde att hon var helt ensam i ett rum med en earl.

Hur långt skulle hon gå?

Tyst smög Hannah bakom stolen så att hon kunde observera men inte ingripa. Det fanns knappast någon anledning för henne att vara tyst, då den unga damen började flämta teatraliskt och överdrivet högt. "Åh, min lord! Nej, jag skulle omöjligt kunna!"

Hannah himlade med ögonen, väl medveten om vart detta var på väg.

Den unga damen vände sig sedan mot den öppna dörröppningen så att hennes röst skulle bära utåt. "Detta är så ytterst opassande!" sade hon.

I tankarna räknade Hannah baklänges från fem. När hon kom till två, slet damens mor upp dörren ännu mer och stod där på tröskeln. Hennes hand flög till bröstet i chock och indignation. "Min dotter ensam med earlen av Tullamore! Komprometterad!"

# KAPITEL 7

Tskande och flämtningar fyllde Hannahs öron. Damens mamma bjöd på den mest spektakulära föreställningen; hon kunde lika gärna ha satsat på en karriär på teaterscenen!

Mycket hände på en och samma gång då det plötsligt stod folk i dörröppningen, vilket även blockerade ljuset. Hennes öron svek henne dock inte och hon hörde allt när hon klev närmare sin sida av dörröppningen.

Jarlens penibla situation uppdagades för alla att höra och se när den söta unga damen klamrade sig fast vid sin mamma och högljutt jämrade sig över vad som skulle bli av henne.

"Det är uppenbart att jarlen måste gifta sig med min dotter. Det är den enda utvägen", sa mrs Gideon och njöt av sin nya roll som mor till en grevinna.

Jarlen försökte reda ut saken. "Min fru, jag närmade mig inte ens er dotter."

"Men ni befann er i ett mörkt rum utan förkläde!", utbrast mamman. "Lady Mary, ni förstår väl att denna besökare har skandaliserat min dotters rykte och Caernarfonshires goda namn på kuppen."

Lady Mary föreslog: "Jag är säker på att allt detta enkelt kan förklaras och redas ut i sinom tid utan att någon skada är skedd, mrs Gideon." Det var ett försök att mildra stämningen något, även om alla närvarande var tysta som möss, lyssnade och troligtvis betraktade den känslomässiga stormen. Den matchade energin från den verkliga stormen utanför som ven kring Rosstrevor Hall.

Mrs Gideon frustade några gånger och förklarade sedan: "Skadan är redan skedd, lady Mary. Min stackars Rhiannon är komprometterad."

Jarlen försökte igen. "Mrs Gideon, vi har ännu inte blivit presenterade för varandra, men jag försäkrar er att jag sökte lite lugn och ro i salongen och var helt ensam, och sedan, en kort stund senare, följde er dotter efter mig in."

Detta framkallade många fler flämtningar, då han bokstavligen hade anklagat miss Gideon för att ljuga.

"Det är inte … det kan inte vara …", började mrs Gideon. "Rhiannon är oskyldig!"

Hur mycket Hannah än njöt av farsen var hon tvungen att avslöja sig och förklara det djupa missförståndet.

Hon klev ut från förmaket och rakt in i dramats mitt. "Hallå där, jag tror att jag kan hjälpa till att reda ut denna situation och få den till ett tillfredsställande slut."

Mrs Gideon skrek till: "Var kom ni ifrån?"

Lady Marys ansikte lyste upp av lättnad. "Låt oss alla gå till köket där vi kan diskutera detta."

"Nej, vi går ingenstans", protesterade mrs Gideon och höll Rhiannon närmare sig. "Detta kräver vittnen."

Allas blickar vändes mot Hannah och hon tog ett samlande andetag. "Miss Gideon var inte ensam, och hon blev inte heller komprometterad, eftersom jag var i rummet hela tiden, redan innan jarlen kom in. Jag kan bekräfta att han trodde att han var ensam i rummet och att miss Gideon kom in strax därefter."

"Nej", mrs Gideon skakade på huvudet. "Ni var inte därinne. Jag skulle ha sett e—" Hon slog handen för munnen.

Spelet var över. Precis som Hannah hade misstänkt var hela scenen en list för att snärja jarlen.

Lady Mary vände sig till deras enorma publik och levererade en magnifik replik. "Därmed avslutas vår enaktare. Tacka vår underbara ensemble för att de underhöll oss med så kort varsel en sådan stormig natt!"

Det var tyst en stund, tills publiken brast ut i jubel. Mrs Gideon och hennes dotter lösgjorde sig från varandra och klev fram för att niga, som om de tog emot applåder efter ridåfall.

Jarlens axlar sjönk i lättnad. Hans blick fann Hannahs, och han bugade sig kort för att tacka henne. Hon spelade med, tog hans hand, och de vände sig mot publiken och bugade båda två för sina beundrande fans.

Lady Mary vände sedan ryggen mot folkmassan och sa till de fyra "skådespelarna": "Köket, om fem minuter."

Fem minuter senare befann de sig tryggt och privat i köket med dörrarna ordentligt stängda för utomstående. Lady Mary tog kommandot och förde ordet. "Mrs Gideon, jag ber uppriktigt om ursäkt för att jag svärtade ner ert rykte genom att associera er med teaterscenen, men det var nödvändigt för att undvika en ännu större skandal. Ni kan antingen bli känd som en otrolig skådespelerska och utstå den skam som följer med det, eller bli känd som en lögnare. Valet är ert."

Det var inte mycket till val, men eftersom historien de skulle berätta för andra i framtiden var att de hade anordnat ett improviserat nöje för att underhålla husgästerna under en fruktansvärd storm, verkade det vara det bästa alternativet. Hannah fick ge lady Mary en eloge för hennes snabbtänkthet.

Men historien om denna underhållning skulle också spridas vitt och brett och kanske till och med hjälpa hennes äktenskapsförmedling. En skandal kunde ha satt allvarliga käppar i hjulet för den.

Familjen Gideon lämnade köket.

Hannah gjorde en ansats att gå, men lady Mary kallade tillbaka henne och sa åt jarlen att också stanna kvar. "Vi har fortfarande problemet med er två", sa hon.

"Ingenting hände", sa de båda i munnen på varandra.

"Det vet jag, men vad hände egentligen?"

Jarlen tittade på Hannah och hon på honom. Hannah talade. "Jag sökte vila. Eftersom ni ännu inte hade anvisat oss våra rum för natten, tänkte jag att jag skulle hitta en lugn plats att vila på. Jag vet att jag borde ha sett efter markisinnan, men hon och—"

Lady Mary höll upp handflatan för att avbryta. "Faktum är att ni var i rummet och lord Tullamore antingen följde efter er in eller kom in strax därefter. Sedan kom miss Gideon in strax efter jarlen. Som jag ser det, Tullamore, har ni komprometterat miss Jones."

Jarlen svalde häftigt. "Jag beklagar ytterst djupt att jag inte undersökte rummet noggrannare innan jag gick in. Jag hade ingen aning om att det var upptaget. Jag hade fel."

Lady Marys röst blev sträng. "Ni komprometterade min svärdotters sällskapsdam med era handlingar. Den enda vägen framåt leder i en riktning."

"Nej", avbröt Hannah. "Snälla, lady Mary, det var ett ärligt misstag och absolut ingenting hände. Han hade knappt kommit in förrän miss Gideon dök upp, och hon såg inte ens mig heller. Det är bevis på att lord Tullamore inte insåg att jag var där. Han komprometterade mig inte alls, och om något så förhindrade min närvaro en mycket större skandal."

"Det är sant", sa lady Mary. "Men oavsett om folk tror att vi spelade upp en föreställning eller att det de såg var på riktigt, har ni erkänt att ni var ensam i ett rum med en man." Hon vände sig till jarlen. "Vad säger ni, Tullamore? Skulle ni göra en ärbar kvinna av miss Jones för att avlägsna varje möjlig fläck från hennes rykte?"

Han svalde och sa: "Jag friar till miss Jones, i all god tro."

Hannah trodde att hon skulle svimma.

Om det var ett val mellan miss Gideon och miss Jones, kände Patrick åtminstone miss Jones lite bättre, och hon kysstes faktiskt fantastiskt. Han hade varit en idiot som gått in i ett rum utan att först kontrollera om det var upptaget. Det var hans eget fel. Var han inte redan på sin vakt mot de äktenskapsmäklande mödrarna? Och så hade han ändå klampat in i ett upptaget rum utan att kontrollera.

Hans förstånd hade uppenbarligen övergett honom, och han borde verkligen ha vetat bättre än att ha roligt med miss Jones och tro att han kunde gå därifrån utan konsekvenser. Han hade blivit alltför van vid att vara en jarl med alla de friheter det innebar och att bete sig alltför fritt med unga damer i London och Dublin.

Den kalla skräcken i magen växte med tystnaden i köket.

Lady Mary tittade strängt på honom. "Är ert erbjudande uppriktigt?"

"Det är det", bekräftade han och ville kasta upp sin senaste drink. "Hur mycket jag än skulle vilja skylla på det kryddade vinet har jag ingen annan att skylla på än mig själv."

Han hade förstört allt, men han började tro att detta

kanske skulle bli det som formade honom. Han skulle göra det rätta och bli en respektabel man.

"Jag befriar hans höghet från hans löfte", förklarade miss Jones.

Vad? Patrick och lady Mary vände båda på huvudet mot henne. Han var så ridderlig, så hedersam, och hon lät honom slippa undan?

Miss Jones kinder var rosiga och hennes ögon glänste av ohöljda tårar. "Ni kan inte ens se på mig när ni friar. Jag kan inte föreställa mig att saker och ting skulle förbättras från en så dålig start. Vi vet båda att inget hände i det där rummet. Ja, ni är en jarl och jag är bara en enkel sällskapsdam. Om vi gifte oss skulle folk upptäcka mitt ursprung och anta att en mycket större skandal hade ägt rum för att ni skulle ha friat till mig. Det är ytterst osmakligt."

Han var tvungen att rynka pannan för att tro på de ord hon sa. "Ni vägrar för att ni oroar er för fläcken på ert rykte?" Orden "vem tror ni att ni är?" var redo att flyga ur honom, men den bistra blicken från lady Mary höll dem inne.

Hon hade rätt att blänga på honom; det var inte en hedersam sak att ens tänka.

Lady Mary lade sig i samtalet. "Jag är glad att du vägrade, Hannah. Du är alldeles för värdefull för Amelia, och jag skulle sakna dig fruktansvärt. Låt oss nu skaka hand som vänner och se om stormen utanför har bedarrat; annars kanske vi måste inkvartera folk hos vårhararna."

Patrick försökte fortfarande förstå vad som just hade hänt. Han hade lämnat ett fullkomligt respektabelt anbud till damen nu när alla närvarande visste att hon hade varit ensam i ett rum när han kom in, och ändå hade hon inte gripit chansen att bli grevinna.

Kanske var det något djupt fel på henne.

Och lady Mary var dessutom förtjust. Hur kunde hennes svärdotters sällskapsdam vara så värdefull när hon så lätt kunde ersättas av vilken ung flicka som helst från närmaste stad?

Dessutom, om de gifte sig, skulle grevinnan av Tullamore överträffa dem alla i rang!

En betjänt följde honom till hans rum där, tacksamt nog, inga kvinnor fanns. Den oväntade händelsen var anledningen till att han hade flytt ner och funnit ett tyst rum till att börja med. Han hade inget emot att fyra herrar gjorde tillfälliga sängar i påklädningsrummet intill.

Hans sinne surrade av förolämpning och förvirring medan sömnen undvek honom.

Miss Hannah Jones, samma kvinna som hade kysst honom i stallet och förklarat att hon skulle få honom att bli kär i henne, hade spelat sina kort perfekt och framtvingat ett frieri från honom.

Bara för att omedelbart nobba honom!

Stormen fortsatte utanför och skakade fönstren med kraftigt regn och vindbyar. Hans eget sinne var en storm av förvirring. Han hade gjort sitt första frieri och blivit avvisad.

Vad i hela fridens namn var det för fel på henne som vägrade ta emot honom?

# KAPITEL 8

U nder natten höll sig Hannah mysig och varm bredvid Sarah och Anne, trots att himlen gjorde sitt bästa för att frysa och skaka om världen. Hembiträdena steg upp tidigt för att städa undan och tända om i eldstäderna för att värma upp huset. Varmt var ett ambitiöst ord; eldarna höll knappt kylan stången.

Medan ånga steg från hennes andedräkt när hon klev ur sin varma säng klädde Hannah snabbt på sig och tog på sig sin andra särk i ett försök att hålla värmen. Hade en greve, en verklig, livs levande greve, friat till henne i går kväll?

Ett leende spred sig över hennes läppar.

Ja, det hade han.

Hade hon, en alldaglig ung dam från norra Wales, sedan tackat nej till den greven?

En tung suck undslapp henne och sände ytterligare en ångplym ut i luften.

Ja, det hade hon.

Om han hade varit genuint intresserad hade det varit en

helt annan sak. Men han kunde inte på allvar ha velat gifta sig med henne, inte efter att bara ha varit bekanta i några få dagar. Även med en skandal på köpet ekade hans ord tomt.

Vilken fullkomlig dumbom hade hon inte varit om hon hade tackat ja?

Att gifta in sig i adeln var ett sagoslut som helt enkelt inte hände flickor från landet som Hannah. Hon hade varit löjlig när hon kysst honom i stallet och förklarat att hon skulle få honom att bli kär i henne. Det hade varit ett ögonblicks yra som trängt undan allt sunt förnuft. Hon ville helt enkelt veta hur det kunde kännas att bli kysst, och eftersom han var en besökare som snart skulle resa hade hon gett efter för frestelsen. Hennes förklaring att hon skulle få honom att bli kär i henne hade varit löjlig – ett desperat försök från hennes sida att rädda ansiktet, och hon var så oerhört tacksam för att mötet inte hade haft några vittnen. Om familjen Alwyn hade sett dem skulle hon aldrig fått höra slutet på det!

När hon klädde på sig och gick mot köket tänkte hon på hur tacksam hon var för att ha begått ett misstag i enrum. Den stackars greven – ja, hon började tycka synd om honom – hade begått ett misstag inför publik. På ett sätt var Hannah glad att hon hade varit där för att gå i god för honom och förhindra att han tvingades gifta sig med fröken Gideon.

Det måste vara därför han hade friat senare: missriktad tacksamhet för att hon hade räddat honom ur en till synes omöjlig situation med så många vittnen.

Hon tog en tallrik frukost och frågade kokerskan om hon kunde ta med sig något upp till markisinnan.

"Hennes nåd är redan uppe och i farten. Du hittar henne i salongen", sade kokerskan.

Snabbt åt Hannah upp sin rostade smörgås och begav sig

till sin matmor. Hela tiden vandrade hennes tankar till greven. Han hade blivit upprörd över att hon hade avvisat honom i går kväll. Upprörd var nog inte rätt beskrivning. Chockad var närmare sanningen. Chockad över att någon hade sagt nej till honom.

Lady Amelia log när Hannah satte sig och tog upp sitt övergivna nålarbete. "Jag har hört att du snart ska resa till Irland."

Åh nej, inte markisinnan också? "Det var ett missförstånd, ers nåd."

Lady Amelia lade ner sitt eget nålarbete och höjde ett ögonbryn mot Hannah.

Hannah kämpade vidare. "Vi redde ut det strax efteråt. Ingen skada skedd, inga rykten skadade det minsta."

Men lady Amelia gav sig inte. "Men hur är det med ditt hjärta?"

Hannah rynkade pannan i förvirring. "Mitt hjärta är lugnt och lättat över att situationen är löst. Precis som vädret. Många av gårdagens besökare är på väg hem nu när stormen har lagt sig."

"Du behöver inte byta ämne med mig, kära Hannah. Säg mig nu, som en vän, är du verkligen lycklig här?"

"Ers nåd, snälla ni, jag är så tacksam för den här anställningen."

"Hmm. Tacksam. Det besvarar inte riktigt min fråga. Jag vet att det inte är rättvist att du alltid ska passa upp på mig, särskilt som ... ja, jag har egentligen inte så mycket behov av dig, eftersom min käre make tar upp så mycket av min tid."

Vid det rodnade markisinnan lite.

Hannah sänkte blicken och förstod precis vad lady Amelia menade. "Jag älskar verkligen att bo på Rosstrevor Hall och jag har de absolut snällaste och mest generösa arbetsgivare en dam kan önska sig."

"Men du har ännu inte funnit kärleken."

"Ers nåd, tro för all del inte att jag är missnöjd på något sätt."

"Det är inget fel med att bli kär", sade lady Amelia medan hon återupptog sitt nålarbete. "Faktum är att jag varmt rekommenderar det."

Återigen rodnade hon lite, och Hannah trodde att hon skulle börja fnittra. "Det spelar egentligen ingen roll vad jag känner, vad det än må vara. Jag har inte rett ut mina känslor än. De är som övergivna härvor av trassligt garn."

Lady Amelia gav henne ett medvetet leende och sade: "Och till detta trassel kan vi lägga att vi ännu inte vet vad greven känner. Lady Mary informerade mig om att han friade till er i går kväll, i all ärlighet och uppriktighet. Och dessutom avvisade ni honom utan att ens ge det en dags eftertanke."

"Ers nåd, jag avvisade honom inte, direkt, men jag befriade honom från hans skyldighet att fria. Jag är säker på att det gjordes i hast och möjligen som ett sätt att bevara sitt rykte efter den scen vi ställde till med inför alla."

Nu fnittrade lady Amelia på riktigt. "Lady Mary var ganska smart som låtsades att det var en improviserad pjäs, snarare än ett mycket verkligt försök att snärja greven till att komprometera fröken Gideon. Jag tror jag ska tala med lord Tullamore och ta reda på hans avsikter."

"Snälla, gör inte det", bad Hannah. "Låt det här bara blåsa över och låtsas som att det aldrig har hänt."

Amelia lade ner sitt broderi i knät. "Tja, ser du, nu tycker jag att du protesterar för mycket. Jag tror att han har fått ditt huvud att snurra, och ditt hjärta också."

Hannah gjorde sitt bästa för att fokusera på sina stygn, och för en liten stund fungerade det till och med.

Då satte lady Amelia in sin nådastöt. "Jag hörde också vad som hände i stallet."

Hannah tappade allt i knät och dolde ansiktet i händerna. "Hur?" ropade hon bakom händerna. "Det fanns ingen annan i närheten."

"Åh, min kära, jag bara skämtade med dig. Jag insåg inte att något hade hänt i stallet! Men av din reaktion att döma måste något ha hänt. Berätta allt!"

Körd. Hannah var fullständigt körd!

Patrick hade inte pratat med någon under natten, men på det sätt gästerna tystnade när han kom in till frukosten nästa morgon förstod han att de måste ha pratat om honom. Att stå i centrum för ett känslomässigt drama har den effekten.

Han lade upp rostat bröd på sin tallrik, lade till en skiva bacon och gick bort till bordet. Han uppskattade verkligen den informella stämningen vid frukostar på husbjudningar. Alla minglade utan någon särskild ordning, så han kunde umgås med vem som helst.

Han var särskilt tacksam över att se paret Alwyn redan vid bordet, så han satte sig bredvid dem med en varm hälsning.

Fru Alwyn log och frågade om han hade sovit gott.

"Inte ett bekymmer i världen", ljög han glatt, i hopp om att andra skulle höra honom. "Hur mår vårbockarna i morse?"

Herr Alwyn skakade bekymrat på huvudet. "Kylan passar dem inte bra, men de klarade sig väl genom natten."

"Några skador?" frågade han. En våg av skam sköljde

plötsligt över honom över att han inte hade ställt en sådan fråga till makarna Rosstrevor.

"Stalltaket höll, åtminstone", sade herr Alwyn, "men det var nära ögat. Vi sätter snart ihop ett arbetslag för att inspektera markerna."

"Jag hoppas att postbåten inte seglade mot Dublin i går kväll", sade fru Alwyn.

Kall fasa isade Patricks blod. Han kunde så lätt ha varit på den båten, om hans vagn inte hade gått sönder tidigare på vägen. Hade förlusten varit en välsignelse i förklädnad?

Åh nej, en annan tanke följde snart. Hade hans kusk varit ombord? Han skulle inte tacka mannen för en så hård överfart. Kanske hade hans kusk inte kommit så långt eller hade vänt om. Han kunde bara hoppas.

Fru Alwyn måste ha lagt märke till hans obehag och tillade: "Jag är säker på att de inte gjorde det. De är väldigt bra på att läsa av vädret."

"Det är de verkligen", bekräftade hennes man.

Det slog Patrick att hans resa, hur fasansfull den än hade varit hittills, skulle ha varit mycket värre om han hade fortsatt enligt plan. Han hade bett innerligt när vagnen skakade och studsade på den fruktansvärda vägen. Var Rosstrevor Hall svaret på hans böner, och han hade inte insett det?

Och om försynen hade fört Rosstrevor Hall in i hans liv, hade försynen då också ställt fröken Jones i hans väg?

Han behövde hitta henne.

Senare på förmiddagen hittade han fröken Jones gående bredvid lady Amelia i köksträdgården. Solen gjorde ett tappert försök att bryta igenom molnen. Lady Amelia övervakade trädgårdsmästarna när de reparerade grönsaksbänkarna som hade blåst omkull.

Med ett tyst samförstånd blev lady Amelia djupt

försjunken i ett samtal med personalen, vilket gjorde det möjligt för fröken Jones att falla tillbaka lite och prata med Patrick. De hade en publik, förstås, men den ignorerade dem taktiskt.

"Fröken Jones, jag kan inte låta bli att undra om ni var lite förhastad när ni avvisade mitt anbud i går kväll."

"Verkligen?" Fröken Jones ögonbryn höjdes. "Jag skulle ha trott att mitt svar skulle ha gett er en stor lättnad."

"Det trodde jag också", erkände han, alltför fritt. Han ville tala fritt med henne eftersom det inte fanns någon anledning att slösa tid. Det fanns en anledning till att de hade förts samman. "I dag kan jag inte låta bli ... att undra ... om jag borde fria igen."

"I hopp om ett annat svar, min herre?"

"Ja."

"Nej", svarade hon, och det var ett alldeles för snabbt svar för Patricks smak.

"Varför i allsin dar inte?" for det ur honom. Det var förhastat, och han önskade snarare att han kunde sakta ner sina tankar för att hitta den sortens ord som skulle få henne att svara positivt.

Hon grimaserade lite, vilket var ett dåligt tecken. "Min herre, låt oss tala klarspråk."

"För all del."

"Jag talade i hast", sade hon.

Utmärkt. Detta löste sig bättre än han hade hoppats.

Hon sänkte rösten och vinklade huvudet lite närmare när hon talade. "När jag sade att jag skulle få er att bli kär i mig."

Det väckte magnifika minnen av kyssen i stallet.

Men vänta ... "Det var för flera dagar sedan ... Jag trodde ni syftade på ert svar nyss, eller i går kväll, vilket jag anser var alldeles för förhastat."

"Förhastat eller inte, mitt svar kommer inte att ändras, min herre."

"Är jag dåraktig som tror att det någonsin kommer att göra det?"

De hade gått några steg bort och låtsades undersöka bädden med purjolök som växte i närheten. Från sin del av trädgården vände sig lady Amelia om för att notera var de var och att de fortfarande höll sig inom anständighetens gränser. Nöjd vände hon dem ryggen och återupptog sitt eget samtal.

Osäker på hur mycket tid de hade att tala fritt, sträckte sig Patrick efter hennes hand. Han visste realistiskt sett att han inte kunde känna värmen mellan dem, eftersom de båda bar tjocka handskar, men det faktum att hon hade tillåtit honom denna intimitet sände en gnista av värme genom hans kropp.

"Har ni verkligen inget intresse av att bli min grevinna?" Hur kunde han klanta till det så här? Han hade verkligen trott att när stunden kom och han friade till en kvinna, skulle hon jubla och tacka ja.

"Jo, det har jag. Det är ett underbart och mycket frestande erbjudande, men jag tror inte att ni ger det från hjärtat. Jag vet att en kvinna av min ställning inte har någon rätt att ställa sådana krav på en man av er position, men jag måste vara ärlig mot mig själv. Får jag lätta mitt hjärta ytterligare, min herre?"

"Varsågod", sade han med föga entusiasm.

Det verkade dock muntra upp henne. "Jag tror att jag är avundsjuk på vad andra har. Jag ser lady Amelia så saligt lycklig i livet. Paret Alwyn är också ett utmärkt exempel på ett kärleksäktenskap, och det är bara naturligt att jag skulle längta efter det. Är det begripligt?"

"Jag förstår", medgav han. Han hade inte sett så mycket av paret Alwyn, men de framstod som ett lyckligt par, bekväma i varandras sällskap. Han hade inte sett mycket av sina värdar, men herrgården sköttes smidigt, så han kunde bara anta att greveparet Caernarfornshire hade samma sinnelag. Han kunde förstå varför någon som levde sida vid sida med dessa familjer skulle vilja ha samma sak för sig själva en dag. "Men en sak förstår jag inte. Om så är fallet, och jag tror er på ert ord att det inte är det, varför tar ni inte chansen till samma nivå av lycka med mig?"

Hon suckade lite sorgset, och han visste att han inte var redo för svaret.

"För ni känner inte er själv, min herre, och ni menade det inte när ni friade till mig."

Det krossade honom.

För han hade menat det; det hade han verkligen!

Nu hade hon ställt till det. Hon kunde se hoppet slockna i hans ögon. Nu var det hennes tur att rusa in med förhastade ord för att lindra hans sårade själ. "Min herre, vi har bara känt varandra i några få dagar. Jag skröt om att jag skulle få er att bli kär i mig, men det var falskt mod. Jag behövde rädda ansiktet efter att ha gjort bort mig, så jag sade de första orden som kom för mig. De fick mig att må lite bättre i stunden. Senare förstod jag hur osanna de var. Ingen kan tvinga någon att bli kär i någon annan."

Han tittade uttryckslöst på henne.

"Jag finner er oerhört attraktiv, och tanken på att bli grevinna är spännande. Men vi passar inte ihop. Ni är en adelsman; jag är en sällskapsdam. När ni återvänder till Irland kommer ni att möta en passande dam av er ställning som vet hur man sköter en greves hushåll."

Hans bröstkorg hävde sig i ett andetag, och han andades

långsamt ut. "Jag trodde inte att ett avslag skulle svida så. Jag är inte van vid det."

Hannah knep ihop munnen. Han led redan; det fanns ingen anledning att påminna honom om att som greve var det knappast någon som någonsin sade nej till honom. Han kunde förmodligen räkna dessa tillfällen på en hand.

"Jag tackar er för er ärlighet i att förklara era motiv", sade han till slut. "Men ni har fel om mina. Jag känner mig själv. Jag finner det extraordinärt att ni förmodar er känna mina känslor bättre än jag."

# KAPITEL 9

S kuldkänslor grep tag i Hannah. "Det var inte min avsikt", sa hon. Hon förbannade sig själv och önskade att hon kunde ta tillbaka orden. Hon hade inte bara gjort honom upprörd med sitt avslag, hon hade sårat honom på ett personligt plan.

"Tycker ni verkligen inte om mig?" frågade han.

"Jag tycker väldigt mycket om er." Det var ofiltrerad ärlighet, och skuldkänslorna började lätta. "Ni är en hedersam man, och det är en utmärkt egenskap, men det här har blivit något löjligt och spårat ur. Vi sa båda saker för att rädda ansiktet. Jag är ledsen att era ord blev så offentliga. När ni väl återvänder till Irland kommer ni att hålla med om att detta var en oskyldig flirt som endast var ett resultat av närheten."

"Ni är så säker på mina känslor, är ni det?"

Hon blinkade förvirrat.

"Nåväl, jag ska inte älta saken", sa han. "Jag tackar er för er tid och önskar er en trevlig dag."

En smärta hon hade svårt att sätta ord på grep tag i henne när hon neg och han bugade sig över hennes hand.

Hon försökte förklara sig ytterligare. "Jag anser att det är viktigt att vi åtminstone är ärliga med våra känslor."

"Håller med", sa han och gav henne sedan en sista stöt. "Ni förtjänar också att vara ärlig mot er själv om var era känslor ligger."

Med de orden gick han därifrån med högt huvud, som om han hade vunnit en hand i spekulation, snarare än trampat på hennes hjärta.

På andra sidan trädgården höjde lady Amelia på ett ögonbryn, som för att fråga om hon behövde sällskap. Hannah skakade på huvudet och gick till en bänk vid muren i söderläge.

Hon hade hört det vanliga talesättet att tiden läker alla sår, men det här skulle ta en evighet. Det skulle vara så praktiskt om tiden kunde skyndas på så att hon inte kände sig så eländig.

Ett äktenskap med Tullamore skulle förstås inte alls vara någon prövning. Det skulle kanske till och med vara uthärdligt. Hon skrattade åt sig själv och kallade honom Uthärdlige Tullamore. Hans gods var säkerligen vackra. Det skulle finnas personal; hon skulle lära sig att sköta godset på ett sätt som skulle behaga honom. Men det skulle bli ett sorgset och ensamt liv utan den kärlek som ett äktenskap kräver för att blomstra.

Paret Alwyn var ett bevis på detta, liksom lady Amelia och hennes make. Lady Amelia själv hade inte fötts in i adeln, så det var inte som om Hannah skulle bli den första av folket att gifta sig över sin ståndstillhörighet.

Ändå kunde Hannah med gott samvete inte ha accepterat hans frieri. Han hade framfört det i all hast för att skydda hennes heder. Han kände henne knappt. Deras tafatta samtal nyss bevisade ytterligare hennes bedömning: ja, han var hedersam, och det var en vacker egenskap. Men han hade inte nämnt ett enda ord om att han hyste någon som helst aktning för henne. Ett äktenskap utan kärlek skulle vara lika kallt och eländigt som den annalkande walesiska vintern.

Hon längtade efter glädjen i kamratskap och den kärlek som skulle växa fram ur det. Hur skulle de kunna vara kamrater om de inte kunde akta varandra, än mindre utveckla den aktningen till kärlek?

Det var verkligen en fruktansvärd röra, och när verkligheten sjönk in förstod hon att den var en hon själv hade skapat.

Lady Amelias fotsteg hördes på gruset mellan rabatterna. Hannah torkade sig snabbt över kinderna för att få bort tårarna som plötsligt hade dykt upp.

"Åh, min kära", sa Amelia och sträckte ut armarna för en omfamning. "Jag hade hoppats på ett bättre resultat."

"Det hade jag också", erkände Hannah och lutade sig in i sin arbetsgivares vänliga famn.

"För vissa av dem tar det lite längre tid än för andra att komma till sans. Ge det tid."

"Jag vet", sa hon, "men tiden tar för lång tid."

"Det gör den minsann."

Flera dagar senare, med ett humör lika mörkt som molnen som hängde lågt på himlen ovanför, körde Patricks nya kusk honom de sista kilometrarna till staden Holyhead. Han behövde inte kusken för att påminna honom om hur eländig han var, men den här mannen hittade de perfekta tillfällena att fälla kommentarer om hans trumpna uppsyn.

Folk säger ofta att delad sorg är halv sorg, men vad Patrick beträffade var han tacksam för ensamheten. Hans var ett själviskt elände som växte sig starkare för varje kilometer som passerade.

Snart skulle han vara på båten. Om en dag skulle han vara i Dublin.

Bra.

Han ville aldrig mer sätta sin fot i norra Wales så länge han levde.

Kusken stannade ett ögonblick och hejdade hästarna. Vad nu då, en stråtrövare? Nåväl, han hade inget av värde att stjäla, så boven kunde gå lottlös.

Någon knackade på dörren. Det var kusken. "Ers nåd, var snäll och kom och kör den sista kilometern med mig", sa han med en sjungande accent. "Utsikten är något alldeles extra."

Patrick frustade, rasande över att denna stolta lokalbo försökte muntra upp honom.

Med hans vanliga tur skulle regnet börja falla i samma ögonblick som han satte sig bredvid kusken, och han skulle verkligen kunna frossa i sitt missnöje.

När han klättrade upp kastade han en blick omkring sig. Landskapet hade klippiga partier, gröna sträckor och några täta snår som markerade kanterna på åkrar och egendomar. Havet därbortom hade vitt skum på vågtopparna. Då och då piskade en stark vindby honom i ansiktet och böjde buskarna vid sidan av vägen. Själva vägen var lerig och full av gropar, precis som större delen av den tidigare vägen.

"Ers nåd, jag vet att det inte är min sak att yttra mig", sa kusken.

"Sätt igång då, det var därför du fick ut mig hit."

"Jag ber om ursäkt i förväg för att jag talar innan jag blir tilltalad, men jag måste få säga vad jag tycker."

"Gör slag i saken då." Ju förr detta var över, desto snabbare kunde han återvända till vagnen och vältra sig i sitt sura humör.

"När jag först träffade min hustru gav hon mig korgen."

Han vägrade att nappa på betet. Han visste precis vad det här handlade om. Men hur vågade den här mannen som knappt kände honom göra sådana antaganden?

Då slog det honom: ryktet måste redan ha spridit sig att han hade blivit avvisad.

Kusken väntade en lång stund på svaret som inte kom och ryckte till slut på axlarna. "Då får väl jag sköta snacket för oss båda. Jag friade till henne, och hon gav mig korgen. Och det var en hel del folk som visste om det, och innan dagen var slut kändes det som om alla i Caernarfonshire kände till allt om mina affärer."

Surmulet drog Patrick upp kragen mot vinden men svarade inte.

"Men vad ingen visste", fortsatte kusken oförtrutet, "inte ens min blivande hustru, var hur jag kände för henne. För jag var för korkad för att inse att jag inte hade sagt det till henne. Jag visste att hon var den enda för mig, men jag sa inte ett knyst, och hon kunde inte läsa mina tankar heller."

Patrick grymtade, han hängde knappt med.

Kusken sa: "Jag har hört snacket, jag vet att det skvallras om att ni friade till Hannah Jones. Och ni är generad över att alla vet att ni friade och att hon gav er korgen. Men talade ni om för henne vad ni hade i ert hjärta överhuvudtaget? För av allt jag har hört verkar det som om ni missade det steget, och det är ett viktigt sådant."

"Jag borde låta piska dig."

"Ni kan piska mig, men det ändrar inte fakta. Det kommer en vändplats längre fram, och det är den sista innan vi kommer till hamnen."

Vagnen var nu i en nedförsbacke, och toppen av Holyheads fyr blev synlig.

Patrick bet ihop käkarna.

Kusken värdesatte uppenbarligen inte sitt liv, för han fortsatte att prata. "Jag antar av er tystnad att ni inte talade om för henne hur ni kände."

Med ett frustande sa Patrick: "Jag trodde inte att jag behövde det."

"Nåväl, ers nåd, ni må vara en earl, men ni är den största dumbom jag någonsin har mött. Om ni inte talade om för henne hur ni kände, hur skulle hon då kunna veta?"

"Eftersom jag är en earl!"

Han var säker på att kusken mumlade att han var en idiot.

Under isande tystnad närmade de sig vändplatsen, som var full av lera och stenar och såg ut som den sämsta platsen att försöka vända en vagn på.

"Sista chansen", sa kusken.

"Gå av", sa Patrick.

"Ursäkta, ers nåd?"

"Du är klar här. Ta det här brevet med dig och lämna det vid båten."

"Får jag hämta min persedelpåse där bak?"

"Varsågod", pressade Patrick fram.

Han väntade i den kyliga vinden på att kusken skulle hämta sina saker och sedan komma tillbaka för att ställa sig nära hästarna. Han tog farväl av var och en och frågade sedan: "Är det något mer ni behöver mig till?"

"Vi är fullständigt klara", sa Patrick.

Kusken vinkade och vände sig om och gick nerför vägen mot hamnen.

Det tog kanske en halvtimme innan kusken försvann ur sikte. Det tog ytterligare en sekund innan verkligheten landade med en duns i Patricks själ.

Han kunde piska sig själv för att ha varit så otroligt korkad.

När lady Mary hade "avrått honom från" miss Jones

genom att säga åt honom att inte fästa sig vid henne, var det inte för att damen försökte leka med hans känslor eller för att hon inte tyckte att miss Jones var god nog för honom.

Vilket var vad han hade trott vid den tidpunkten.

Nej, det var för att miss Jones var så värdefull och viktig för Rosstrevor Hall. Ett ton tegelstenar hade inte kunnat landa hårdare på honom när han äntligen förstod att han inte var god nog för henne!

Han manade på hästarna och styrde mot hamnen, där han hoppades få syn på sin kusk. Han hittade honom och bad översvallande om ursäkt, och gav sedan mannen en extra krona för att visa hur ledsen han var.

Solen stod lågt på horisonten när kusken klättrade tillbaka upp på sin plats och Patrick satte sig bredvid honom, med ryggarna mot staden Holyhead.

Med en knyck på handlederna och ett leende på läpparna manade kusken på hästarna. "Det hinner bli mörkt innan vi når överfarten", sa kusken. "Ingen kommer att ta er över i mörkret; det blir för farligt."

Patrick strök frustrerat handen över pannan. Kusken hade helt rätt. Han skulle bli tvungen att vänta till morgonen med att ta sig över, men åtminstone var han nu på väg i rätt riktning.

Han hade varit en sådan idiot. Vilken fullkomlig dumbom han hade gjort sig till, men det kunde han leva med. Om han hade förstört sina chanser hos miss Jones, tvivlade han på att han skulle kunna det.

Så fort han såg henne skulle han tala om hur han kände. Han visste inte ens själv hur han verkligen kände för henne, eftersom de orden ännu inte hade kommit. Han skulle sova på saken i natt och hoppas att de rätta orden skulle infinna sig på morgonen.

Även om han inte hade orden fanns känslorna där, och de känslorna visade honom att han inte kunde föreställa sig att tillbringa resten av sitt liv utan miss Jones i det.

När han väl hade berättat för henne skulle beslutet om att besvara de känslorna vara hennes att fatta.

Om hon avvisade honom igen skulle han helt enkelt få leva med sin idioti. Men då skulle åtminstone hon veta. Och det skulle han också.

Varför hade det tagit honom så lång tid att inse detta?

# KAPITEL 10

Hannah var tvungen att ständigt påminna sig själv om att hon hade gjort rätt. Det var inte rättvist att försöka snärja en earl. Det var vad hon från början hade tänkt göra, och det hade varit fel. Vadslagningen hon hade ingått om att han skulle bli kär i henne? Den hade känts spännande och nervkittlande då, men den hade också varit fel.

Hon hade gjort rätt som hade släppt honom fri. Om han hade haft genuina känslor för henne, istället för att bara känna sig förpliktigad, skulle han ha sagt det till henne. Han hade verkligen försökt göra det rätta. Hon var glad att hon också hade gjort det rätta och befriat honom från hans förpliktelser.

Så varför kändes det så förbaskat hemskt att göra det rätta?

Paret Alwyn erbjöd sympati och en stunds stillhet medan hon borstade bockkillingarna, som stod hopträngda i stallet, som om de vore små hästar. Hon var tvungen att akta sig för de vuxna djurens horn, för de skrämde henne lite. Fru Alwyn var tacksam för hennes hjälp. "Lloyd har sagt till mig att jag inte får klättra där inne som jag brukade."

Hannah rynkade pannan, förvirrad.

Fru Alwyn gned sig över magen, och polletten trillade ner.

"Grattis!" lyckades hon få fram med torr strupe. Svartsjukan kunde ställa till det ibland, och aldrig vid lägliga tillfällen. "Jag är glad för er skull. Det är ju underbart." Hon skulle gråta ut i enskildhet senare, när ingen var i närheten.

"Vi var inte säkra förrän nyligen, och hittills har vi bara berättat för herrskapet."

Hannah nickade förstående. Hon avslutade sina sysslor i stallet och gav sig ut på en promenad så fort hon kunde. En lång promenad längs Menaissundet för att rensa tankarna och vältra sig i sina sorger och missade chanser.

Men jag gjorde ju det rätta, klagade hon för sig själv.

Himlen hade bara ork till dimma idag. Den virvlade omkring och täckte hennes ärmar med små pärlor av fukt. Den passade hennes förvirrade sinnesstämning, utan att åstadkomma något av substans. Vattnet forsade förbi när tidvattnet från norr och söder kämpade mot varandra. Ju förr de byggde en bro över den farliga passagen, desto bättre.

Dimman skymde stigen framför henne. Hannah försökte att inte tolka in för mycket i det, för dimma var vanligt vid den här tiden på året.

Inom kort nådde hon de små gårdarna i utkanten av Bangor. En man började gå uppför vägen mot henne. Det såg ut som lord Tullamore, men det var för att han uppfyllde hennes tankar så till den grad att varje manlig gestalt påminde henne om honom.

Hon missade nästa steg och föll nästan. Hon sträckte sig efter en staketstolpe för att hålla balansen.

Det var lord Tullamore!

Han hade antagligen inte tagit sig över sundet än, vilket fick hennes hjärta att skjuta i höjden.

I samma ögonblick såg han upp, och även han stannade till.

Det tog en evighet men ändå bara en halv sekund när hon tog in synen av honom. Han hade det jobbigare, som gick i uppförsbacke. För att försäkra sig om att det verkligen var han följde hon sitt hjärta och gick närmare med vacklande puls. Det fanns en chans att han helt enkelt promenerade runt Bangor eftersom det ogynnsamma tidvattnet hade försenat överfarterna.

"Förlåt", sa hon när hon sprang mot honom. Samtidigt skyndade han mot henne, med ett hoppfullt uttryck i ansiktet. "Jag är så glad att du inte har åkt än."

"Jag kom tillbaka", sa han, med ögonfransarna fuktiga och hopklumpade av dimman.

Hennes hjärta klarade det nästan inte. Orden ville inte formas ordentligt. Han hade kommit tillbaka?

"Jag berättade aldrig för dig om mina känslor, och det var mitt fel", sa han innan hon hann komma på något förnuftigt. I den här takten skulle hon aldrig lyckas, för allt förnuft flydde och hon bara stirrade in i hans vackra ansikte.

Han var här, rakt framför henne.

"Jag känner ärligt talat inte mig själv", fortsatte han. "Men jag är säker på att jag inte kan leva resten av mitt liv utan dig i det. Jag hoppas innerligt att det är definitionen av kärlek, för jag har aldrig känt det förut."

"Jag känner likadant. Jag hoppades hela tiden att känslan skulle gå över, men det gjorde den inte."

"Det är ganska hemskt", sa han med något som liknade ett skratt.

"Eller hur?" höll Hannah genast med. En hårslinga föll ner över hans öga, och den här gången lyfte hon sin hand till hans ansikte och strök undan den. Hennes hjärta svällde.

"Det gjorde mig otrevlig mot alla, och jag ville slå sönder saker."

"Jag beordrade kusken att lämna mig ifred."

"Jag ställde till med en enda röra", erkände hon. "Vänta, skickade du iväg kusken från Bangor?"

"Inte riktigt. Vi kom så långt som till Holyhead, och där skickade jag iväg honom. Sedan vände jag med hästarna och kom tillbaka. Jag tog mig över till Bangor igen det första jag gjorde i morse innan tidvattnet tog över."

Tack och lov att han hade kommit säkert över till den här sidan av sundet.

"Jag ställde till med en enda röra", erkände hon.

Han höll hennes ansikte mycket varsamt och kysste henne. Värme spred sig genom hela hennes kropp av ömheten i kyssen.

När han drog sig tillbaka sa han: "Jag tror nog att jag ställde till det mer, låt mig åtminstone få ha det."

"Ja, ers nåd."

"Kalla mig Patrick."

Hon lutade sig fram och kysste honom. Dimman som virvlade runt dem kunde inte dämpa deras entusiasm. Det var en magnifik kyss, full av löften och kärlek, av att ha funnit sin sanna livskamrat.

De skrattade åt sin gemensamma förmåga att ställa till med en sådan oreda.

Efter att ha stått tillsammans i dimman en stund sa Hannah: "Kalla mig gärna Hannah, när du vill."

"Hannah, min älskade", sa han, och hans ord sände hetta genom hennes kropp. "Säg mig, vem måste jag tala med för att få din hand?"

"Förmodligen lord Caernarfonshire?"

De gick långsamt tillbaka till Rosstrevor Hall och stannade

för att utbyta flera kyssar längs vägen. Deras långsamma takt gav dimman gott om tid att samlas på deras kläder och till slut tränga igenom så att de blev genomvåta.

"Kommer lady Amelia att bli upprörd över att förlora sin sällskapsdam?"

"Möjligtvis, även om jag oftast inte behövdes. Hon gav mig alldeles för stor frihet."

Köket på Rosstrevor Hall var välkomnande och varmt när de torkade sig vid ugnarna.

# EPILOGUE

## 22 DECEMBER 1817

Morgonen var frostig, men Patricks bultande hjärta höll honom varm. Precis som han hade förutspått kom änkegrevinnan och Patricks mor, som hade anlänt i tid från Irland, busigt bra överens. Han visste att de glatt skulle konspirera för att para ihop fler i framtiden. Om mor höll sig sysselsatt skulle hon inte ha tid att lägga sig i hans eller hans nya bruds liv. Ett bra resultat på det hela taget.

Nåväl, de kunde ha sitt roliga; han var förtjust över att få till sitt eget giftermål. Han låtsades till och med för sig själv att han hade åstadkommit detta helt utan någon annans inblandning.

Synen av hans brud som leddes uppför altargången av lord Caernarfonshire gav honom en klump i halsen och en tår i ögat. Han brydde sig inte om att han snyftade till lite av rörelse; detta ögonblick var så glädjefyllt att han ville störta fram till henne.

Tack och lov stod mr Alwyn vid hans sida och höll honom stadig så att de kunde ta sig igenom ceremonin utan missöden.

Hannah gick drömmande uppför altargången. Sarah och Anne gick före och strödde golvet med vivor, örter och till och med lite järnek. Det var inte många växter som blommade vid den här tiden på året, men Hannah hade vägrat att vänta till våren.

Ceremonin passerade i ett töcken av lycka och kärlek när Patrick trädde Tullamores vigselring på hennes finger. Det fanns ingen mirakulös sol som bröt igenom kyrkfönstren, men ljus strålade från hennes makes ansikte likväl.

Deras första kyss som gifta var mjuk och ljuv, och över alldeles för snabbt. De var medvetna om sin publik. Det skulle bli ett privilegium att fortsätta sin relation utan en.

Lady Mary ordnade en storslagen bröllopsfrukost för dem, och sedan hade hennes make ytterligare en överraskning som väntade när de skulle ge sig av.

Det var hans vagn, reparerad efter sitt möte med den farliga vägen.

"Jag är överraskad att den var värd att reparera", flämtade Hannah. Det fanns så många nya delar på den att den påminde henne om "farfars favorityxa som hade fått fyra nya skaft och två nya huvuden".

Patrick gav henne ännu en snabb kyss. "Den kommer att påminna mig om den fruktansvärda olyckan som ledde mig till min största lycka."

De steg in i vagnen, som var fylld med extra filtar och varma stenar för fötterna. De vinkade ut genom fönstret tills Rosstrevor Hall försvann bakom dem.

"Herregud", sa Hannah med en suck. "Äntligen ensamma!"

Patrick kurade ihop sig närmare och svepte en filt om dem båda. "Vad ska vi då göra?"

"Vi skulle kunna prata om våra känslor?" retades Hannah. "Men jag tror inte att du vill prata, eller hur?"

"Du läser mig verkligen väl", skrockade han. "Och jag ska berätta om mina känslor. Jag känner mig väldigt lyckligt lottad, och jag känner mig väldigt förälskad."

Han kysste henne med ömhet och omsorg, kärlek och passion. Hon kysste honom tillbaka av hela sitt hjärta.

"Det känner jag också", sa hon.

# FÖRFATTARENS EFTERORD

Kära läsare,

Jag hoppas att ni har haft en underbar stund med Hannah och Patrick när de fann sin väg mot ett lyckligt slut. Under efterforskningarna för den här berättelsen ramlade jag ner i ett kaninhål av rapporter från tiden innan Telfords bro gjorde resan så mycket enklare. Vägen som ledde till bron var i ett chockerande dåligt skick, och ändå var den den viktigaste förbindelsen mellan Dublin och London.

Enligt rapporten i kapitel 1 om det fruktansvärda skicket på vägen över en del av norra Wales som förband London med Holyhead, krävdes ett belopp på 46 540 pund, 18 shilling och 7 pence för reparationer. Det är ungefär 3,5 miljoner pund år 2025, vilket inte känns som tillräckligt med tanke på hur mycket bostadskostnaderna har ökat med inflationen. Detta inkluderar förresten inte material eller arbetskraft för att bygga bron.

Vägen till Holyhead

Unionsakterna 1800, som förenade Storbritannien och Irland, gav upphov till ett behov av att förbättra kommunikationslederna mellan London och Dublin. Holyhead Roads Act 1815 godkände uppköp av befintliga tullvägsintressen och, där det var nödvändigt, byggandet av en ny väg för att färdigställa sträckan mellan de två huvudstäderna. Detta gjorde det till det första stora civila statsfinansierade vägbyggnadsprojektet i Storbritannien sedan romartiden. Ansvaret för att anlägga den nya sträckan tilldelades den berömde ingenjören Thomas Telford.

Genom norra Wales följde Telford på många ställen befintliga vägar, men han byggde också nya förbindelser, inklusive Menai Suspension Bridge för att förbinda fastlandet med Anglesey och Stanley Embankment till Holyhead på Holy Island.

Telfords väg slutfördes i och med öppnandet av Menai Suspension Bridge 1826.

Mer information här:

# FÖRSTAHANDSSKILDRINGAR

Det jag verkligen älskar med historia är att läsa förstahandsskildringar om hur människor levde. Jag snubblade över en skattgömma av resenärers kommentarer här https://sublime wales.wordpress.com/places/holyhead-and-the-irish-sea/, vilket gjorde mig både fascinerad och förskräckt. En del hade en underbar tid och berättade för allt och alla om sin lycka. Andra klagade hela vägen och ville avreagera sig, precis som folk gör nu när de lämnar negativa recensioner på Tripadvisor.

Här är några av mina favoritrapporter från resenärer från den tiden:

# 1810

"Värdshuset vid Bangor Ferry ligger för sig självt och är mycket förtjusande beläget på en brant flodbank som skiljer Carnarvonshire från ön Anglesea.

Värdshuset är ett alldeles utmärkt sådant, och på grund av dess goda bekvämligheter och trevliga läge är det alldeles för litet för sina talrika besökare, av vilka många är personer av hög rang som reser till och från Irland med ett stort följe av tjänare, varför det rekommenderas att personer som ämnar sova vid Bangor Ferry anländer så tidigt på dagen som möjligt för att säkra logi, då inget annat värdshus finns i närheten; ty med all vilja att tillgodose sällskapets bekvämlighet, vilket länge har varit kännetecknet för detta hus värd, kan han inte ta emot fler personer än hans lokaler rymmer, och för detta är resenärer, i otålighetens och besvikelsens vrede, inte alltid benägna att visa tillbörlig förståelse.

Husets trädgårdssida bjuder på en mycket charmerande utsikt över floden och det skogiga landskapet, för vilket grannskapet är så anmärkningsvärt, och en vackert anlagd promenad genom ett buskage leder till flodbanken, där en båt för passagerare och en annan för vagnar och hästar alltid är i beredskap. Avgiften för varje persons överfart är en shilling och för en vagn två shilling och sexpence per hjul – Då vagnarna tas ombord utan att vare sig hjul eller bagage tas av, går mycket lite tid förlorad, och den tid som överfarten tar överstiger sällan några minuter, vilket, på grund av scenens extrema skönhet, vanligtvis är en orsak till beklagande hos passagerarna att den inte varar längre.

För bekvämligheten hos personer som reser till Holyhead finns det på motsatta stranden ett omfattande stall och andra byggnader som tillhör värdshusets ägare, och när hästar eller vagnar behöver stå redo, ges ordern för dem genom en stor taltratt.

...

Nästa och sista plats före överfarten till Dublin är HOLY-HEAD, som är en fattig, eländig stad i ett dystert landskap, med en mycket dålig och smutsig hamn. Här finns ett bra värdshus som drivs av Spencer, där all den uppmärksamhet ägnas åt sällskapet som besöker det som kan förväntas på en plats som är föremål för ett sådant oupphörligt ståhej som ständigt måste medfölja den konstanta ankomsten och avgången av ett så stort antal familjer och individer som ständigt passerar till och från Irland.

Gemenskap, gästfrihet och vänskap, som kan ge charm åt den mest dystra scen och få även den karga vildmarken att le, fann jag här den fulla effekten av, i den vänliga, frikostiga och gentlemannamässiga uppmärksamheten från kapten Skinner, som bor i Holyhead och för befäl över en av paketbåtarna (Dublin).

Eftersom inget jag kan säga om kapten Skinner skulle kunna öka den uppskattning i vilken han hålls av dem som känner honom eller förmedla en adekvat bild av hans förtjänster till dem som inte har det nöjet, skall jag inte försöka prisa honom.

Paketbåtarna seglar varje dag i tur och ordning, inom en timme efter ankomsten av Londonposten, som vanligtvis kommer in vid tvåtiden på eftermiddagen, och många personer, trötta av sin resa, som skulle vilja sova i Gwyndy, skyndar ofta, i brist på information om paketbåtarnas avgångstid, vidare med onödig hast till Holyhead på kvällen.

Fartygen, som är inredda med anmärkningsvärd hänsyn till passagerarnas bekvämlighet, med separata hytter för damerna, anses vara lika säkra som några skepp som seglar på havet, tack vare sin konstruktion, omsorgen vid valet av deras befälhavare och att de är bemannade av erfarna sjömän. De har också bra boende, till ett lägre pris, för personer av olika omständigheter, samt tillräckligt med utrymme för säker transport av hästar och vagnar.

Jefferys, Nathaniel, An Englishman's Descriptive Account of Dublin, and the Road from Bangor Ferry to Holyhead ... (London, 1810), s. 19-34

# 1811

Kemisten Humphry Davy (1778-1829) reste till Irland och skrev om sin resa genom Wales till fru Apreece.

"Holyhead, 14 oktober 1811.

De första två dagarna av vår resa genom Wales var våta och stormiga, men vi njöt av det storslagna landskapet mellan Llanroost [Llanrwst] och Bangor i solsken. Floderna var fulla av vatten, bäckar hade blivit till forsar, och fallen vid Conway och Lugwy var de mest magnifika exempel jag har sett på bergsfall. Lugwy var lika vattenfylld som Wye under de härliga dagar då vi seglade till Monmouth. Fallet är nästan två hundra fot, varav minst sextio fot är lodrätt. Klipporna över vilka floden strömmar är i grandiosa massor, dalgången är klädd med ekar, idegranar och granar, och en undervegetation lila av ljung eller brun av döda ormbunkar. Snowdon reste sig ovanför, draperad i moln från vilka man kunde föreställa sig att forsen hade sin källa, och den försvann i skummoln nedanför fallet. På kvällen, när vi passerade Capel Carrig, såg vi Snowdon resa sig över moln av det renaste vitt, och en del av det var dolt i klara, orangefärgade moln. Ingenting kunde överträffa det sublima i denna scen."

## 1812

### 28.7.1812 Holyhead

"För denna storslagna knutpunkt för kommunikation mellan systerländerna förväntade jag mig att finna en glad, folkrik, maritim stad komplett med nöjen och stoff för observation. ... Stor blev därför vår besvikelse när vi, istället för ett Brighton eller ett Ramsgate, kördes in i en stad mer eländig än någon vi hittills sett. En dyster dimma som föll oavbrutet bidrog till dess trista utseende, och vi steg av vid ett värdshus fullt av män i överrockar och överdragsbyxor. ... Värden informerade oss om att varje rum och passage i hans hus var fullare än det kunde rymma. Inget kunde vara mer uppenbart, så vi tvingades inta vår plats på trappan med utsikt till det första lediga rummet när paketbåten skulle segla, vilket inte förväntades ske förrän sent på kvällen. Efter att ha vandrat omkring i tre eller fyra timmar, stötte vi lyckligtvis på en gammal skolkamrat från Harrow som skulle sätta sig till bords för att äta middag med ett sällskap på sex eller sju andra.

Hammond, William Osmund, Journal of a Tour in Wales and Ireland, NLW, 24023A, ff. 87-92

## 1813

Denna omfattande redogörelse för Holyhead baserades på ett dagsbesök och information från publicerade källor och berättelser från lokalbefolkningen.

På vår väg passerade vi ett metodistkapell, som inte bara var proppfullt inuti utan också omgivet av en skara män och kvinnor som satt utanför, helt utom syn- och hörhåll från predikanten, men av deras desperata blickar att döma, verkade de kommunicera med honom genom någon mystisk förbindelse. De tillhörde anabaptisternas sekt, i folkmun kallade Dippers. Jag lade märke till några mycket vackra ansikten bland kvinnorna, men med ett uttryck av ytterst opassande och onaturlig sorgsenhet, vilket en sannskyldig vandrande riddare utan tvekan skulle ha hämnats genom att omedelbart offra den stackare som, upphöjd på sin pulpet som nådens tolk för sin angelägna församling, endast hade makt att sända bort dem med tunga hjärtan och dystra blickar.

Vid vår ankomst till Holyhead fann vi ett eländigt boende på ett stort, smutsigt och dåligt försett värdshus, vilket var mycket mindre irriterande för våra väl härdade och avtrubbade känslor i sådana frågor än det måste visa sig vara för de trötta och sjösjuka passagerarna från Irland. Folk här är vanligtvis utlämnade åt bussens eller paketbåtens precisa punktlighet; och därför, om de har tid att klaga, har de ingen tid att invänta upprättelse; och om de inte lider i tysthet, muttrar de förgäves. ... Holyheads läge är särdeles dystert och ogästvänligt.

...

Barnen hade vandrat från huset för att leka och klättrat upp i en liten kärra som låg nära öns östra ände, som sluttar brant ner mot klippkanten. Genom att busa runt satte de kärran i rörelse, varpå, av någon plötslig och märklig impuls, för de var inte rädda eller medvetna om sin fara, de alla hoppade ur och undkom precis innan den störtade över klippan och krossades i spillror. En mur har sedan dess byggts längs branten vid denna ände av ön, men alla andra sidor av den är oskyddade, och det är fortfarande en högst farlig lekplats för barn."

Ayton, Richard, A Voyage Round Great-Britain, Undertaken in the Summer of 1813 ... with a Series of Views ... by William Daniell, vol. 1 (London, 1814), s. 195-211

## 1813

Den 13:e juli [1813] lämnade jag Tavistock Row för Dublin, i en resevagn, i sällskap med fru Horrebow, herr Addison och Henry Horrebow.

Jag reste långsamt och i korta etapper (då jag fortfarande var mycket sjuk) och nådde på den sjunde dagen Holyhead och tog in på Stanley Arms, som drevs av herr Spenser, från vilken, och hans familj, jag fick all möjlig uppmärksamhet. Jag stannade nio veckor i hans hus, eftersom jag inte kunde korsa havet utan att, som jag fick höra, riskera mitt liv.

Medan jag var där, besökte en liten man, en god vän till mig, mig varje morgon. I sin person bekräftade han det gamla talesättet att skönheten ligger i betraktarens öga. Denne lustige lille man, av invånarna i Holyhead kallad "Billy-in-the-bowl", var en dvärg som hade förlorat båda sina ben, eller snarare aldrig haft några, och hasade sig fram, bokstavligen sittande i en skål; ändå, trots sina missbildningar, fångade han en vacker walesisk flickas hjärta, som ville ha honom på gott och ont. Hennes far, en förmögen bonde, erbjöd sig att ge henne en god hemgift och en ung och stilig man till make; men nej! Hon ville ha Billy-in-the-bowl. Hon födde honom två fina pojkar och är, har jag hört, än i dag mycket svartsjuk på honom.

Den 25:e augusti, då jag var något återställd till hälsan, men fortfarande plågad av gikt och oförmögen att våga mig på en sjöresa, lämnade jag Holyhead för Earlen av Guilfords säte, Wroxton Abbey [nära Banbury].

Vi korsade Bangor Ferry, och jag skickade Henry Horrebow i förväg till Jackson's för att skaffa hästar; de som hade fört oss från Gwyndee [Gwindy] lämnade vi på andra sidan färjan. Jag var ännu ensam på stranden, i vagnen, oförmögen att röra mig på grund av min gikt. Tidvattnet kom in snabbt; det fanns inte tillstymmelse till en människa som kunde hjälpa mig ur vad jag trodde var en farofylld situation, för varje ögonblick väntade jag mig att vagnen skulle flyta och föras med strömmen. Till slut, genom ankomsten av hästar, befriades jag från mina farhågor och fortsatte min väg till Auber [Aber], ungefär åtta miles från Bangor, där jag åt middag och sov på The Bull, ett charmigt walesiskt värdshus – boendet utmärkt och läget rofyllt och pittoreskt.

Kelly, Michael, Reminiscences of Michael Kelly of the King's Theatre and Theatre Royal Drury Lane, vol. 2, (London, 1826), s. 278-281

1816

Vid Gwyndu, ett värdshus tolv miles från Holyhead, en dyster plats, sätet för ocker. Lyckligtvis blev vår vistelse kort, då paketbåten var redo att segla tre timmar efter vår ankomst; naturligtvis gick vi ombord med nöje, och efter ungefär tjugotvå timmars angenäm segling, nådde vi Dublins bukt.

Stringer, Thomas, Irish Extracts ... The European Magazine, and London Review, Volym 70, november 1816, s. 393-394

1818

Denna stad [Holyhead] har vuxit mycket sedan jag såg den 1794.

Folket är en aning bättre klädda; [klädsel] materialen är bättre, ingen fris – männen är bättre klädda än damerna. Vi mötte flera damer, gamla och unga, som red sina ponnyer i damsadel till marknaden. I går kväll mötte vi en mor och dotter med en ponny som de turades om att rida. Allmogen är inte bättre än vår egen, lika smutsig – inte lika vacker – ser lata ut. Dåliga hus, etc.; många kvinnor bär en mans filthatt med ett svart sidenband. Städerna vi passerade genom var mycket dåliga förutom Oswestry och Bangor, båda blomstrande.

Anonym [från Irland], Copies of letters of a tour, apparently on business, by a native of Dublin

NLS MS 2795 George Nielson collection, f. 74

1818

Det har varit min lott att korsa kanalen flera gånger, och jag har korsat den nu, kunde jag nästan hoppas, för sista gången. Trots att det var midsommar, blåste det en regelrätt orkan; ty sådan är min tur att jag knappt någonsin ger mig ut till havs utan att en storm uppstår som om den vore avsiktlig. En kringvandrande Aeneas är jag inte, det har jag länge sett, utan en ödets gunstling.

Vinden var först gynnsam, och som Satan sägs göra med sina anhängare, lockade den oss ut på djupet och vände oss sedan ryggen. Vi kryssade, vågar jag säga, hundra gånger, och under ett spann av trettio timmar kastades vårt lilla fartyg omkring i oupphörlig rörelse. Aldrig minns jag att jag har bevittnat så mycket sjösjuka, och synen var nog för att ge en avsmak för havet för alltid. . . en obeskrivlig känsla av fasa fanns i tanken, och missnöje, sjukdom och varje känsla i själen försvann inför naturens instinktiva fasa för en plötslig och våldsam död.

Gamble, John, Views of society and manners in the north of Ireland in a series of letters written in the year 1818, (London, Longman, 1819), s. 58-59

1818-1819

Vi landsteg tidigt i morse i Holyhead. Staden är liten och verkar vara i ett tillstånd av förfall. Dess läge är trevligt, vid spetsen av en liten bukt, men dess isolerade läge och bristen på handel förhindrar all tillväxt; och den lilla fördel som de irländska paketbåtarna ger verkar knappt tillräcklig för att bevara den. Jag lade märke till en liten folkskola i staden. Efter att ha ätit frukost på värdshuset och betalat minst ett halvt dussin avgifter till föreståndare och underföreståndare, bärare, tullmän och tjänare, tog jag en plats i Chester-diligensen, med tre medpassagerare i kupén – en kapten P. och två damer – som alla visade sig vara angenäma och förnäma personer.

Griscom, John, A Year in Europe, Comprising a Journal of Observations in England, Scotland, Ireland, France, Switzerland, the North of Italy, and Holland in 1818 and 1919, Volym 2, (New York, 1823), s. 488-489

# OM FÖRFATTAREN

Ebony Oaten skriver historiska kärleksromaner med garanterat lyckligt slut.

Hon har nyligen samarbetat med Catherine Bilson för att skapa Bokhandelns Skönheter.

Bok 1 heter Estelles Eldiga Beundrare.

facebook.com/EbonyOaten